想我苦哈哈的一生

詹姆斯・瑟伯 著

My Life and Hard Times

James Thurber

前言

搞笑其實是一門需要精準計算的藝術

陳夏民

睽違三年，大小孩系列終於出版了第三本。

自從上一本《老爸的笑聲》推出之後，逗點編輯部收到了讀者的熱烈回應，大家從沒想過這一本菲律賓小說那麼爆笑又有哲理，也有更多的讀者詢問，希望能再讀到一本好笑的「文學書」。

於是，逗點編輯部做了許多功課，最後決定翻譯美國幽默大師詹姆斯．瑟伯的經典自傳《想我苦哈哈的一生》，同時研究系列化的可能。詹姆斯．瑟伯是誰？他是幽默作家、小說家，也是漫畫家。從《紐約客》出道後，便以平易近人、質量俱佳的作品征服了美國大眾的心，《時代》雜誌甚至以他擔任封面人物，讚許他對美國文化的深厚影響。連一代硬漢作家海明威也是他的好友，就算瑟伯公開撰文開「海明威文體」的玩笑，海明威也毫不生氣，兩人維持數十年友誼。一九五一年七月，海明威自殺身亡，四個月後，瑟伯也因病辭世，但他的搞笑藝術卻流傳下來，成為他獻給世界最好的禮物。

瑟伯擅長交叉使用肢體式的幽默、荒謬情節、神經質人物與雙關語等，讓故事情節一路堆疊到無法收拾的地步，再嘎然而止。他型塑出當代喜劇的樣貌，就算過世已超過五十年，在許多經典喜劇電影或影集中，都還能看見瑟伯豐沛創造力的痕跡。喜劇演員班史提勒（Ben Stiller）特別鍾愛瑟伯的故事，甚至將瑟伯的短篇小說〈華特．米堤的私密生活〉改編成電影《白日夢冒險王》（*The Secret Life of Walter Mitty*），獲得許多迴響，也讓更多讀者懷念起這一位幽默泰斗的生平。

《想我苦哈哈的一生》雖是瑟伯的自傳，卻更像一個舞台，讓許多小人物登台演出：彷彿活在不同時空、動不動就亂開槍的爺爺，下雨天就擔心電會從插座漏進屋子、喜愛拿鞋子丟鄰居窗戶的媽媽，半夜假鬼假怪把老爸嚇得要死的兄弟，彷彿特務過著雙重人生的女傭，或甚至是那一條咬人無數、逼得眾人展開一場人狗大戰的小狗……所有曾經在瑟伯生命中登場的配角，都因為他的幽默文筆而鍍上一層閃閃發亮的光芒，鮮活地活在故事之中，陪伴著不同世代的讀者一同歡笑。

自一九三三年出版至今，經過八十多年的歲月，《想我苦哈哈的一生》終於在台灣出版了。遲到總比沒來好，儘管讀者對瑟伯可能有些陌生，但讀完這一本書之後，相信大家都會愛上這一個帶給讀者溫暖笑聲的幽默大師。

原本說好的《綠野仙蹤》續集，其實正在準備中，還請讀者稍候。在大小孩系列推出第四集之前，我們都保重。

序

寫在一介人生之前

本韋努托．切里尼（Benvenuto Cellini）曾說，人至少要到四十歲，才夠格從事此一非凡的大業：執筆寫下自己的一生。他也說過，為自己作傳的人理當已擁有某種卓越的成就才是。然而，時下擁有打字機的人根本不理會這位古早繪畫大師定下的古早規矩。我本身除了能用小石子擊中三十步之外的薑汁汽水空瓶，這項高超且——對我一些朋友來說——莫名其妙的專才，就沒有半點卓越的成就可言了。再說，我也未滿四十歲。不過這四十歲的大關正迅速逼近；我的腿腳已經開始無力，兩眼也變得昏花，而我在弱冠之年所識的嫣唇少女的面容，就像夢境一般朦朧不清。

想我年屆四十的時候，這副軀體或許已如向暮之花合攏收束，由不得我在撰寫回憶錄時適度而謹慎地加油添醋。或者，就算我完成自傳好了，可能也無法將稿件順利抱到出版社去。一個轉眼即將步入中年的作家成天擔心會在前往出版社時迷了路，不知不覺就走到包里街或巴特里街的街區[1]，接著只好跟安布洛斯·比爾斯[2]一樣人間蒸發。這麼個作家有時也很害怕突然拐進哪個轉角之後，就會發現另一個自己正悠悠地迎面走來。我知道正值如此危險、棘手歲數的作家會從辦公室打電話回家，或是從家裡撥通電話到辦公室，然後刻意壓低聲音，問對方某某某——說的即是他們自己的名字——在不在。接著，他們就會因為有幸聽到對方回答某某某「外出了」而安心到一口氣喘不上來，人就倒下了。那些專寫小品，單篇字數約莫一千至兩千不等的作家最常出這種狀況。

都說這類作家神怡心曠、無憂無慮，實際上竟然不是這個樣子的。他們其實過著提心吊膽、誠惶誠恐的生活。這些人坐在文學之椅的邊上，住在名為人生的宅第之中，卻老覺得自己還沒脫去身上的大衣。他們害怕會在書寫篇幅長達上下兩冊（甚或只有一冊）的小說時迷失在這趟漫漫的航程裡，於是堅持將遭遇過的不幸一概寫成短篇；他們從不深究那些不幸，卻認為自己能夠走出那些不幸。這類書寫並非歡樂的自我抒發形式，而是在展顯一度無所不在又平淡無奇的焦躁情緒。專寫這些文章的作家總有一種——沒人知道為什麼——自討苦吃的天賦：他們時而誤闖別人的公寓，時而將傢俱的上光劑當作治胃痛的苦精喝下肚腹；他們或把車開進盛氣凌人的鄰居養護的上好鬱金香花壇，或錯把流氓認成求學時代的舊識，接著便用戲謔的態度摑了人家一記耳光。拿「幽默作家」這種過於寬鬆且有礙視聽的字眼來稱呼他們，就等於忽視了他們進退兩難處境上的本質和他們本質上進退兩難的處境。他們創作的小輪子全仰仗憂鬱的濕手推動。

這麼一個作家到哪兒都坐立難安，隨時會因為餡餅烤盤掉到地上或是有人提了提裙襬，就準備要奪門而出了。他那姿態是無法適應環境之人表現於外的可笑反應，他的休憩是驚慌之人暫時失去活力的寫照。他會拉下百葉窗遮擋晨光，到了晚上則溜進煙霧繚繞的角落。他說話總愛小題大作、大題小作。他對朝代中轟隆大作的不祥之聲充耳不聞，哪怕世界正一步步邁向前所未有的茫昧混沌，不過夜裡若有兔子在某條鄉間道路旁的矮叢中扭動身子，他又能將那不尋常的聲響聽得一清二楚。而當週日報紙的漫畫副刊意外飄出了地下室的採光井，繼而包覆住他的膝蓋，他則會感受到一陣沁入背脊的寒意。聯邦的瓦解不會讓他夜不成眠，但茶水間在凌晨三點傳出的莫名聲響卻會叫他驚恐到胃海翻騰。他並不害怕，或不太能意識到帝國的惡勢力，可當他隻身走在夜色漸濃的街上，又會頻頻回頭觀望，擔心自己已被一列踩著緩慢的輕步，睜著大眼、蓄著落腮鬍，身高約莫一呎半的小人跟蹤了。

這麼一個人很難遵照福特・馬多克斯・福特（Ford Madox Ford）於回憶錄中稱為「撰寫自傳的唯一情由」來下筆。即是：彩繪出個人所處的時代。這位短篇作家的時代不等於華特・李普曼（Walter Lippmann）的時代，亦非斯圖亞特・蔡斯（Stuart Chase）的時代，也不是愛因斯坦教授的時代。那是他個人的時代，由私己的苦楚和困窘構築的短短地界規限出來的時代。在這個時代裡，他自身消化系統上的毛病、車尾後輪軸的問題，以及與六、八個人和兩三棟建築持續的混亂關係，在在強過國事天下事。他能隱約感覺到這個國家已經風光不再，也讀過地殼正以驚人的速度縮小、整個世界將越變越冷的報導，但他篤信這三件事怎樣都沒有自己目前的情況要命。

人類明明在星體測量、理論經濟學、製造轟炸機等方面有了大幅的進展，可他對這些大事往往一無所知，直到他在某個野餐場合或友人的避暑別墅裡拾起一本過時的《時代雜誌》。他曉得每年都有十幾億的美金被銀行家和政客給汙走，也知道成千上萬的人都丟了工作，但這些現況令他操心的程度，恐怕遠遠不及他確信自己已在一個愚蠢的精神分析師身上浪擲了三個月的光陰，或是覺得寫了整整兩天的文章，若由一九二四年的羅伯·

班奇利（Robert Benchley）執筆應該會寫得更加精彩，大概也寫得更快之類的擔憂。

如果讀者期待能一探世界在這麼一位作家的有生之年，還是在他被冠上可笑的「巔峰之時」所呈現出來的種種樣貌，那麼，這作家的「時代」幾乎可說是不值一讀了。讀者只會讀到該作家的人生遭逢。但我想這麼一本書還是有其可取之處，畢竟讀者會因此產生一種撫慰感，覺得自己的人生在相形之下實在穩妥多了，太平多了。然而不幸的是，再怎樣有條不紊的人生也無法讓人安然避過已在空中盤旋的命定之劫。誠如F．霍普金森．史密斯（F. Hopkinson Smith）許久之前所點出，那沿岸急流的大爪終會撲來，將我們所有人一網打盡。

詹姆斯·瑟伯
寫於康乃狄克桑迪胡克
一九三三年九月二十五日

1. 此處的巴特里街（the Battery）和前述的包里街（the Bowery）皆位於紐約曼哈頓的南區。

2. Ambrose Bierce 為美國記者兼小說家，於七十一歲時（一九一三年）不知去向；其失蹤一事成為美國文學史上非常有名的懸案。

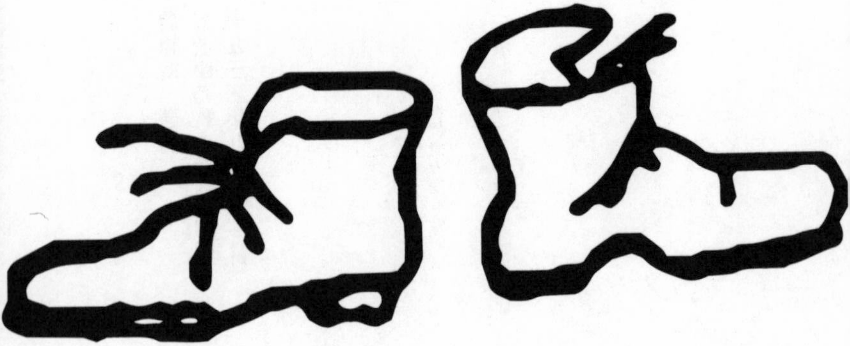

床塌之夜
The Night the Bed Fell

說起我在俄亥俄州哥倫布市度過的年少歲月，床塌在老爸身上那一夜應該是最不得了的一樁了。這事用講的會比用文字描述來得生動（已經聽我講過五、六遍的人不在此限——我好些朋友就曾這麼告訴我），畢竟，若要恰如其分地還原當時的氣氛，讓這段公認有點離譜的故事達到逼真的效果，沒摔摔幾件身旁的傢俱、大力搖晃門，或學狗吠個幾聲大概是不行的。但無論如何，這都是真人真事。

那天晚上，老爸剛好決定要去睡閣樓。他想暫時待遠一點想想事情。老媽則提出了強烈的反對，因為——她說——閣樓那張老木床搖搖晃晃的，很不安全，萬一床塌了，那沉甸甸的床頭板還會砸向老爸的腦袋，到時可就出人命啦。但老媽好說歹說也阻止不了老爸。當晚十點十五分，他便關上身後那扇閣樓的門，踩著螺旋狀的窄梯上樓了。後來他爬上床時，我們還聽見不祥的嘎嘎聲響。閣樓這張床通常是給爺爺來住我們家的時候睡的；他已經失蹤了好幾天。（像這種時候，他往往會失蹤個六到八天，然後又吼又叫、氣急敗壞地回來，告訴我們聯邦軍管事的全是一堆窩囊廢，波多馬克軍團[1]的贏面還不如一個小提琴手的悍婆娘[2]大。）

我一位神經兮兮的表兄弟——認為自己可能睡著睡著就斷了氣的布里格斯．貝爾——當時就在我們家作客。他總覺得夜裡沒有每個鐘頭醒來一次的話，自己或許就會窒息而死。他本習慣事先調好鬧鐘，天亮之前就靠鬧鐘定時叫醒他，但我說服他不用這麼搞。這位表兄弟會睡我這間房，所以我告訴他我是個非常淺眠的人，如果房裡真有人停止呼吸了，我一定會立刻警醒過來。他頭一晚便測試了我說的是真是假——我早料到他會來這一招。待我的鼻息變得均勻，他就以為我睡著了，接著就屏住自己的呼吸。

可我並沒有睡著。我喚了喚他。這似乎稍稍減緩了他的憂慮，不過他還是在小床頭櫃上擺了一杯樟腦精，以防萬一。萬一他在我叫醒他時只剩半條命——他解釋道——還可以聞聞這樟腦，人就馬上活過來了。他們那一家子可不只布里格斯愛胡思亂想。梅莉莎．貝爾阿姨（會像男人那樣含著手指吹口哨）在南大街出生、在南大街結婚，所以她老是有種預感，認為自己注定要死在南大街上。以及每晚臨睡前，都在擔心有賊入室，還害怕這賊會用小管子從門下的縫隙把氯仿吹進臥室的莎拉．秀孚舅媽。舅媽為了消災解厄——因為和家中財產遭竊相比，她覺得麻醉藥可怕多了——總會將錢、銀器和其他價值不菲之物整整齊齊地堆成一落，就擱在臥房的門外，並附上一張字條：「我全部的家當都在這兒。請拿走吧。我已經奉上僅有的一切了，拜託不要吹氯仿。」葛蕊斯．秀孚舅媽也有夜賊恐懼症，但她會用較頑強的態度面對這份恐懼。她堅信這四十年來，每晚都有竊賊闖入她的屋子。對她而言，從未丟失任何財物這點並不能證明家裡根本沒小偷。據她一貫的說法，那些竊賊還來不及摸走東西，就被拿鞋子朝走廊猛扔的她給嚇跑了。她上床之前會把家裡所有的鞋都堆在自己觸手可及的地方，接著才關燈睡覺。但是五分鐘後，她又會坐起身子，說：「快聽！」此時，她的丈夫，她那從一九〇三年起，就學會對這整個情況視而不見、充耳不聞的丈夫要麼已經沉沉睡去，要麼裝作自己已經沉沉睡去，而在這兩種情況下，不管她在一旁如何拽手拉胳臂，他都不為所動。於是要不了多久，她就下床了，然後踮著腳走到房間門口、稍微拉開門，接著便往走廊這頭拋出某雙鞋的其中一隻，再往走廊那頭拋出這雙鞋的另外一隻。有些夜裡，她會扔出所有的鞋，不過有時只會扔個兩三雙。

有些夜裡，她會扔出所有的鞋。

扯遠了，我該談的是床塌在老爸身上那夜所發生的非比尋常之事。到了大半夜，我們所有人都上床睡覺了。為了讓各位清楚掌握稍後發生的事，我必須說明一下各房間的配置和人員的分布狀況。樓上起居室（就位於老爸睡的閣樓臥房正下方）睡的是老媽和老哥荷曼；荷曼有時會在睡夢中唱歌，唱的通常是〈行進喬治亞〉（Marching Through Georgia）或〈基督精兵向前進〉（Onward, Christian Soldiers）。我和布里格斯．貝爾睡在隔壁的房間，老弟羅伊的房間則與我們相隔一條走廊。而我們家的牛頭㹴雷克斯，就趴在走廊上睡。

我睡的是張行軍床。這種玩意兒要睡得舒服，唯有將床平時只是垂著的兩側（構造彷彿折疊桌可上下活動的翻板）撐得和中間的部分等高，整張床才夠寬敞。不過，床的兩側一旦撐起了，翻身時如果翻過頭而滾到床邊就非常不妙。因為在這種情況下，行軍床可能會完全傾向一邊，然後翻個床底朝天，再伴著「砰」的一聲轟天巨響壓在人身上。事實上，那天半夜兩點前後發生的正是這麼回事。（最早將本次事件稱作「床塌在你們老爸身上那一夜」的，是日後回想當時情景的老媽。）

我這人睡得向來很熟，不太容易被驚醒（我騙了布里格斯），所以當那張鐵架行軍床把我翻落在地，還壓在我身上的時候，我一點感覺也沒有。床就跟個罩篷似的把我蓋住，我被裹得密密實實，依然睡得暖呼呼，而且毫髮無傷。因此，我在那個瞬間就只是差點要醒了，然後又沉沉入睡，沒有睜開眼。倒是隔壁房裡的老媽馬上因為這聲響動而驚醒。她當下就斷定自己最擔心的事終於成真了：樓上那一大張木床就塌在老爸身上。於是她放聲大吼：「咱們快去救救你們可憐的老爸！」而正是這一聲驚呼——反而不是我行軍床翻倒的噪音——吵醒了與老媽同寢的荷曼。他以為老媽平白無端歇斯底里了起來。「妳好得很呢，媽媽！」他也喊了一句，試圖讓她冷靜冷靜。這「咱們快去救救你們可憐的老爸！」、「妳好得很呢！」一吼一喊大約持續了十秒之久，結果布里格斯醒了。這個時候，我才迷迷糊糊意識到發生了什麼事，但還不曉得自己正躺在床下，而不是床上。布里斯格在一片擔驚受怕的叫囂中睜開雙眼，不一會兒就認定自己即將窒息而亡，而我們其他人都在拚命「搶救他」。他發出一聲低吟，然後一把抓起床頭櫃上盛了樟腦精的玻璃杯，卻不去聞，而是直接往身上潑。整個房間瀰漫著一股濃重的樟腦味。「咳、嘔咳咳……」布里格斯宛如一個溺水的人嗆得上氣不接下氣。他澆了一身的樟腦精刺鼻到險些讓他真的斷了氣。他跳下床，打算摸黑走向敞開的窗戶，豈料來到一扇緊閉的窗前。他伸手打破窗戶的玻璃。我能聽到玻璃碎了，掉到樓下巷道時還摔出清亮的聲響。就在這個節骨眼，我正打算起身，卻感覺到床竟然壓在我身上！而今，睡得不識東南西北的我總算也開始懷疑這一陣吵吵鬧鬧，全是大家發了瘋似的要助我擺脫這絕對是前所未聞的險境使然。「把我弄出去！」我聲嘶力竭地吼。「把我弄出去！」我想我當時還有種非常可怕的念頭：我被埋在礦井裡了。

他認定自己即將窒息而亡。

「嘔咳……」布里格斯喘著粗氣，依然在那樟腦精的氣味中苦苦掙扎。

到了這個時候，老媽還在扯著嗓門叫，荷曼則追著老媽的屁股跑，也是喊個沒完。她正試圖打開那扇通往閣樓的門，好上樓將老爸從床塌陷的殘骸裡解救出來。偏偏門卡住了，怎麼也打不開。心急如焚的老媽不停拉門，但她的所作所為只是在這砰聲大作和混亂不堪的場面火上添油罷了。這時，羅伊和我們家的狗醒了；他們一個嚷嚷著自己的疑問，一個在吠叫。

然後，睡得離我們最遠又最沉的老爸終於被不停拍打閣樓門的聲音給擾醒。他判斷這房子準是失火了。「我來了，我來了！」他用睏倦的聲音慢吞吞地哀嚎著——他好一陣子之後才徹底清醒過來。老媽本來就堅信老爸正被壓在床下動彈不得，此時更從那句「我來了！」聽出即將蒙主寵召的人淒淒慘慘、莫可奈何的心聲。「他快死啦！」老媽奮聲一喊。

「我沒事！」布里格斯叫了一聲——好讓老媽安心。「我沒事！」他還在以為老媽是擔心他僅存一息。後來，我終於摸到房間裡的電燈開關，也終於打開房門，跟布里格斯和其他人一塊兒守在閣樓的那扇門前。我們家的狗一直不喜歡布里格斯，一見著他便撲了上去——反正不管青紅皂白，牠一概論定布里格斯就是罪魁禍首——然後羅伊只得推開雷克斯，還要按住牠。我們能聽到樓上的老爸正緩緩地下床。羅伊使盡吃奶的力氣一拉，那扇通往閣樓的門就開了，老爸則帶著睡意和起床氣下樓，不過安然無恙。老媽一看到老爸就抽抽噎噎哭了起來。雷克斯開始嚎叫。「老天，到底怎麼啦這？」老爸問。

最後，我們像拼一張巨大的拼圖般拼湊出整件事情的來龍去脈。老爸因為赤腳走來走去而受了風寒，除此之外倒是沒有任何不良的後果。「幸

羅伊只得推開雷克斯。

好你們的爺爺不在家。」老媽説。她看事情永遠只看好的那一面。

1. 指美國南北戰爭時，以賓州、馬里蘭州和維吉尼亞州東部為主要戰區的北軍軍團。

2. 在英國的維多利亞時期，小提琴手上台為宴會演奏助興是無酬可領的，不過可以免費享用宴會的餐食和酒飲。他們的妻子或情婦通常會藉此場合大飽口福一番，而且幾乎是喝到爛醉。

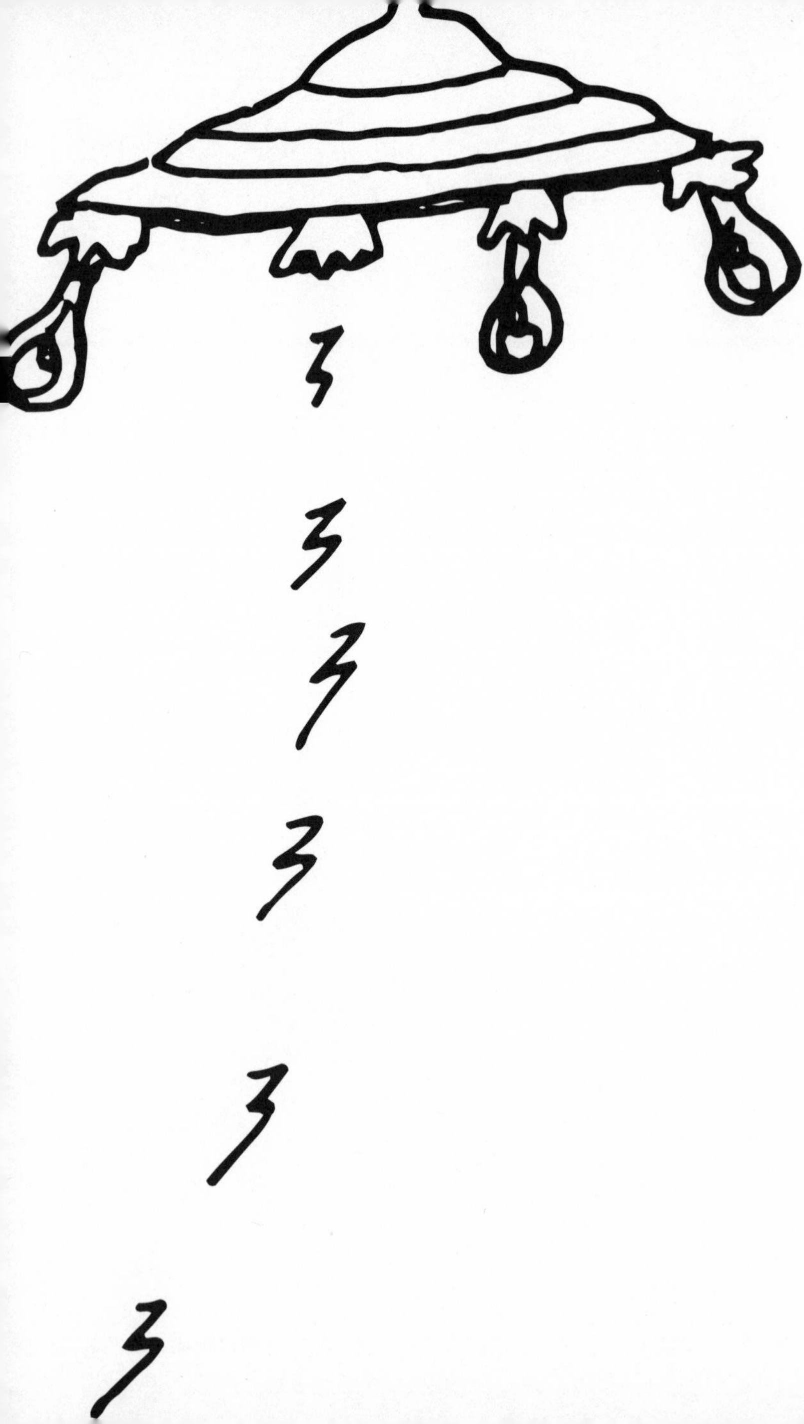

不推不動的車
The Car We Had to Push

許多為自己作傳的作家都不約而同描述了與家人遇上的地震，包括林肯・斯蒂芬斯（Lincoln Steffens）和葛楚德・艾瑟頓（Gertrude Atherton）。但我寫不出來。因為我們家從沒碰過地震，倒在哥倫布市經歷過幾樁與地震不相上下的事。我對我們家那台年事已高，非得有人在後面推上好一段距離，然後猛地放掉離合器，這才甘願發動的利歐車給家裡徒增的亂子印象尤其深刻。話說某回，這台一直很好靠曲柄發動的利歐因為不堪我們長年累月的使用，終於走到要是沒人在後面推車，再伺機放掉離合器，車就無法順利上路這一步。想當然耳，這事絕非一個人就能獨自搞定的。根據道路的坡度和各種腳下的情況，有時我們甚至需要五、六個人合力幫忙。這車與眾不同的地方，就在於離合器和煞車踩的是同一塊踏板，所以引擎發動之後很容易就熄火了，然後一切都得重頭來過。

有時我們甚至需要五、六個人合力幫忙。

以往老爸只要推車，胃就一陣翻攪，搞得他常常無法出門上班。他一直很不喜歡這台利歐，即便車況良好的時候也看它不順眼——就跟二十年前，乃至於更久之前的我一樣對車毫不瞭解，也毫不信任。和我一起上學的那些男孩總能辨識從旁開過的每一款車子，看是Thomas Flyer啦、Firestone-Columbus啦，還是Stevens Duryea、Rambler、Winton、White Steamer等等。我呢？從來無法。不過有台車卻讓我產生莫大的興趣：被我們稱作「快準備先生」的男人在街上兜轉時開的那台「紅魔鬼」。紅魔鬼體積不小，尾部還有後車廂專用的門。快準備先生是位身材削瘦、不修邊幅的年長男士；他有著狂野的眼神、低沉的嗓音，平時就帶著一支擴音器晃來晃去，高聲呼籲大家快為世界末日做好準備。「快準備！快準ㄅ——ㄟˋ！」他會如此吼道。「世ㄐ——ㄧˋㄝ就要滅亡啦！」他那套驚人的勸世警言

快準備先生。

就像道道夏雷，總在最出人意表的時刻、最不可思議的場合劈來。記得曼特爾劇團在殖民劇場演出《李爾王》那次，快準備先生就自樓上某個包廂奮身而起、加入編制，為愛德加的悲鳴、李爾王顛三倒四的氣話，還有弄臣信口胡謅的言論添了幾聲咆哮。當時廳裡一片漆黑，台下不時出現雷電交加的聲光效果，而人就坐在廳裡的我和老爸怎麼也忘不了現場的情景。

大致的情況是這樣的：

愛德加：湯姆正冷著呢。——噢，哆啼哆啼哆啼！——願君不受邪風吹，不為災星摧，不遭惡病纏……被魔鬼害得好苦呀！

（雷聲落下）

李爾：什麼！他的女兒害他走到這步田地了嗎？——

快準備先生：快準備！快準備！

愛德加：小雞雞坐在雞雞山上：——
哈嚕、哈嚕、嚕嚕！
（閃電落下）
快準備先生：世ㄐ——ㄧ、ㄝ就要滅亡啦！
弄臣：這寒冷的夜會把我們一個個變成傻子瘋子！
愛德加：切要當心魔鬼：順從汝父汝——
快準備先生：快準ㄅ——、ㄟ！
愛德加：湯姆正冷著呢！
快準備先生：世ㄐ、ㄐ、ㄐ——ㄧ、ㄝ就要滅亡啦！……
最後他們總算逮到了快準備先生，將這位仍忙著大聲嚷嚷的男人趕出劇院。在我們那個年代，殖民劇場還經歷過幾次這麼樣的場面。

還是言歸正傳，回到那台利歐吧。這台車帶給我最美好的回憶之一，發生在它到我們家第八個年頭的時候。老弟羅伊從廚房拿了一大堆餐具，然後把這些東西放在一張四四方方的帆布上，再拿條細繩綑住帆布，繩子的另一頭則牽著車底的零件。這麼一來，只要繩子抽動了，帆布就會被拖著走，連帶讓上頭那些鐵製錫製的玩意兒叮叮咚咚地掉到路面上。這是羅伊為了嚇嚇總覺得利歐有爆炸之虞的老爸而使出的小小計策，而這個計策非常成功。那都是二十五年前的事了，卻是少數能讓我願意——可以的話——再次經歷的事件之一。不過現在看來，應該沒辦法了。羅伊在某個風和日麗的午後（約莫下午三、四點），於布萊登路靠近第十八街的地方扯了扯那條細繩。先前便已閉上眼睛、摘下帽子的老爸正悠哉吹著涼爽的微風。這叮叮咚咚的聲響在柏油路上是何其招搖：那刀子、叉子、開罐器、餡餅烤盤、壺蓋、餅乾模具、湯勺、攪蛋器被絕妙地送作堆，與路面撞擊出此起彼落，好不熱鬧的鏗鏘。「快停車！」老爸急吼一聲。「我停不了！」羅伊說。「引擎脫落了啦。」「萬能的上帝啊！」明白這話是什麼意思，或明白這話聽起來可能會是什麼意思的老爸如此回答。

結局呢，當然叫人笑不出來了，因為我們不免要往回開，好收拾那些散落在路上的東西。但就是老爸也分得清什麼是汽車機件，什麼又是餐具食器，可老媽卻不然，老媽的老媽也不然。舉個例子。老媽相信——呃，不如說她知道——駕駛一輛沒有油的車是非常危險的事：閥門裝置會燒壞之類的。「你們要敢開著沒有油的車在街上亂亂跑，咱們就等著瞧！」她會在我們上路之前如此耳提面命一番。對她來說，汽油、食用油或水都是差不多的東西，而這樣的認知讓她的生活變得困惑不堪、艱險百出。

不過最叫她恐懼的，還是那台Victrola留聲機。我們家的是非常早期的機型，在那首〈來吧喬瑟芬，坐上我的飛行器〉（Come Josephine in My Flying Machine）紅透半邊天的時候就有了。她覺得那台留聲機可能會爆炸。向她說明留聲機既不靠汽油，也不靠電力驅動這點並不能打消她的疑慮；這麼做只會讓她更加驚恐。畢竟這麼一來，那台留聲機的驅動來源就只剩某種創新但仍有待檢驗的機關，意思是隨時可能會炸開，讓我們全家淪為瘋狂愛迪生危險實驗下的犧牲品和殉道者。比較能讓她放寬心的是電話，不過可想而知，每當暴風雨來襲，她便會基於某些原因而拿起話筒，故意不把它掛好。老媽這些糊裡糊塗又毫無理據的擔憂全是與生俱來的，因為老媽的老媽到了晚年也時時被類似的恐怖臆想所擾：電在無形之中，正一點一點滴進屋子的每一個角落。只要牆上的開關沒關，她就認定電會從沒插插

電在無形之中，正一點一點滴進屋子的每一個角落。

頭的插座裡漏出來。她會開始在這裡那裡旋上燈泡，而如果燈泡亮了，她便會心驚膽顫地迅速關掉牆上的開關，然後繼續讀她的《皮爾遜》或《人人》雜誌，並為解決了一次既會賠上銀子，又可能賠上性命的漏電問題而沾沾自喜。已經沒有什麼能幫她釐清這個錯誤的觀念了。

我們這台可憐的老利歐下場十分淒慘。那一次，我們把車停在有軌電車會經過的某條街上，但停得離路邊太遠。當時已經很晚了，街上一片漆黑。後來，一輛有軌電車駛來，可路被利歐擋住了過不去。電車遂頂起這台令人生厭的老利歐，活像㹴犬遇上兔子時，可能會張口咬住對方，再毫不留情地予以痛擊，偶爾也會鬆開口，但下一秒又會緊咬著不放那樣。利歐的輪胎「噗哧」洩了氣，擋泥板「咯咯嘎嘎」裂開了；方向盤跟個幽靈似的朝天飛出，帶著一聲悲涼的呼嘯往富蘭克林大道的方向去，接著就沒了蹤影。車的插銷和小零件則宛如轉輪煙火迸射而出的火星子四處亂彈。多麼令人嘆為觀止的奇景，當然，又是多麼叫人痛心疾首的一幕（有軌電車的駕駛例外；他有夠火大的）。我想我們之中還有人忍不住哭了起來。想必也就是這一把鼻涕一把淚，才會讓爺爺反應如此激烈。他腦袋裡的時間失序了，方才那些車子什麼的全被他忘得一乾二淨。他顯然從人們對話的內容、激動的情緒和那一把鼻涕一把淚，判斷出死了人了。他也沒就此放下這樣的錯覺。事實上，我們花了將近一個禮拜的時間力圖轉移他的注意力，可他仍堅持認為將葬禮一拖再拖，這一家子也太罪過、太不像話、太丟人了。「誰死啦！是車子被砸爛啦！」老爸嚷道，試著給這位老人家說明一下真正的情況——第十三遍。「他當時喝醉了是不？」爺爺正色一問。「誰當時喝醉了？」老爸問。「吉納斯。」爺爺回答。這下好了，他連死的是誰都知道了：他的兄弟吉納斯。吉納斯確實過世了沒錯，但人家才不是死於酒駕。吉納斯於一八六六年與世長辭。南北戰爭爆發時，敏感且極富詩情的二十一歲青年吉納斯去了南美洲。「就——」他在寄回家的信上這麼寫著。「到戰事平息了為止。」後來戰事平息，他也歸了鄉，人卻染上當時將栗樹殺絕滅盡的病害，撒手塵寰。這是史上唯一一件得請樹木醫生來幫人噴藥的事例，所以家裡的人對此都感觸良深；全美境內就只有一個人得到了枯萎病。有些親戚還感嘆吉納斯死得別有詩意，也算死得其所。

既然爺爺已經知道，這麼說吧，死的是誰了，我們就越來越不好假裝啥事也沒發生，繼續如往常一般跟他在一個屋簷下生活。他會勃然大怒，氣沖沖地威脅我們再不立刻辦喪事的話，他就要寫信告衛生委員會了。我

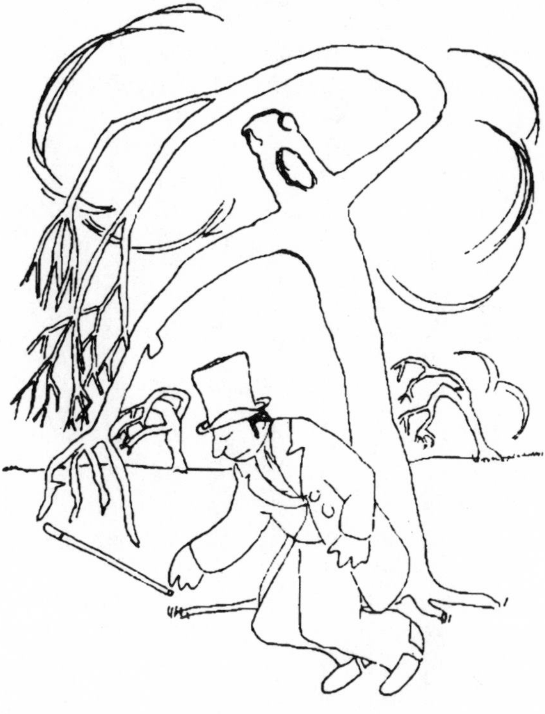

他染上當時將栗樹殺絕滅盡的病害。

們這才意識到不想點法子不行。最後，我們為了讓爺爺放心，只好說服老爸一位叫喬治．馬汀的朋友，請他按一八六〇年代的穿衣風格扮成吉納斯叔公。這加了鬢角、戴著高頂海狸皮帽的冒牌貨看起來挺稱頭的，而且跟相簿裡那些銀版照片上的吉納斯一比，還真有幾分相似。我永遠忘不了那個晚上，就在我們剛吃完晚飯，這吉納斯走進客廳的那一刻。高個兒的鷹勾鼻爺爺正跺著腳走來走去，還罵不絕口。那甫至吾家的男人則兩手一伸。「克萊姆！」他高聲呼喚爺爺。爺爺緩緩轉過身來瞧瞧這位不速之客，然後哼了哼鼻子。「你誰啊？」他用那低沉而洪亮的嗓音質問對方。「我吉納斯呀！」馬汀喊道。「你的兄弟吉納斯，身強體健、活蹦亂跳的吉納斯呀！」「吉納斯——個鬼！」爺爺說。「吉納斯一八六六年就死於栗樹的枯萎病啦！」

爺爺不時會有這種突如其來、出人意表，而且神志再清明不過的時刻，也通常是這種時刻最讓他尷尬到無地自容。當晚他上床睡覺前，便明白我們那台老利歐已經毀了，家裡的騷亂也是因利歐遭毀一事而起。「整台車都散了，爸。零件都不曉得飛到哪兒去啦。」老媽繪聲繪影地為爺爺描述這樁事故的經過。「我就知道會這樣。」爺爺忿忿地說。「我不老是告訴你們要買就買 Pope-Toledo！」

大壩潰堤了
The Day the Dam Broke

我很樂意忘卻和家人在一九一三年俄亥俄大水災的那段經歷，不過話說回來，無論是我們度過的艱難困境，或是碰到的種種騷動和混亂場面，都已撼動不了我對老家所在的那一州、那一市的情感了。我現在混得不錯，真希望哥倫布市能為此見證一下，但若說到一九一三年大壩潰堤，或者，說得精準一點——城裡每個人都以為大壩潰堤的那個可怕又危險的下午，大概有人會希望這個城市還是早死早超生算了。經過這場風波的洗禮後，我們家的地位變得更加崇高，道德上卻出現了瑕疵。爺爺尤其臻及高人好幾等的境界，而那境界在我眼裡，永遠是那麼絢爛耀眼，即便爺爺對水災的一連串反應都建立在大錯特錯的誤解之上——他以為我們不得不面對的威脅，是內森．貝福德．弗瑞斯特[1]率領的騎兵部隊。要想逃命的話，我們就只有衝出家裡一途，無奈爺爺寧死也不許我們這麼做。他邊揮舞著手中那把舊軍刀，邊吼道：「叫那些××養的放馬過來！」這個時候，上百位市民正如熱鍋上的螞蟻湧過我們家門外，並聲聲喊著：「往東走！往東走！」我們只得抄起燙衣板將爺爺打暈。這高達六呎以上、體重直逼一百七十磅的老人家動也不動的身子拖垮了我們的速度；我們才逃了半哩路，就幾乎被其他市民都給超了過去。若非爺爺在帕森斯大道和市鎮街交會的路口醒了過來，那洶湧澎湃的大水鐵定會自後方迎頭趕上，一口吞滅了我們——前提是我們後方真有什麼洶湧澎湃的大水。後來，當恐慌漸漸平息，人們也滿面羞慚地回家或回到工作的崗位，正忙著盡量少講自己當初逃了幾哩路，也開始為逃跑冠上各式各樣的理由時，城裡的工程師便指出就算大壩果真潰堤了，西區的水位也頂多上升兩吋而已。在大壩引起民眾恐慌之際，西區已在水下三十呎深的地方——在二十年前的那場春天大洪水中，其實俄亥俄州所有的濱河市鎮都落得這樣的處境。東區（我們居住的地域，亦是逃難現象發生的地點）向來與水災無緣。除非水位再升個九十五呎左右，那大水才會漫過將整個哥倫布市劃分為東西兩區的大街，把東區淹沒。

然而，即便住在東區的人就宛如爐灶下的貓咪安全無虞，當大壩潰堤的那聲叫喊就像火燒野草般蔓延開來，大家還是被籠罩在一片窮途末路、只能拚死一搏的愁雲慘霧之中。鎮上一些最具威嚴、最持重、最憤世嫉俗和頭腦最清楚的人紛紛拋妻離家，棄自己的速記員和辦公室於不顧，一心想往東邊逃。「大壩潰堤了！」可是人世間數一數二的可怕警鐘，很少有人能在這聲號角於耳邊震響之際停下腳步冷靜思考一番，就是住在大壩五百哩之外的居民也不例外。

就我印象所及，這俄亥俄州哥倫布市大壩潰堤的謠言乃始於一九一三年三月十二日，約莫中午時分。在大街這個主要商業區裡，總能聽見各種平和的市井之聲和生意人你一來我一往的爭論、計算、哄誘、開價、討價還價，再各退一步的低語。德瑞奧斯·康寧威，這位躋身中西部頂尖企業法律顧問之列的男子，正用朱利亞斯·西撒式語言對公共事業委員會的人說與其想打動他，還不如試試說服北極星去吧[2]。其他人則忙著略吹牛皮，輔以一些點到即止的小手勢。忽然之間，有個男的奔跑了起來。或許他只是猛地想到跟老婆有約在先，而自己已經遲到太久了。且不論原因為何，男人就循著布羅德街往東跑（目的地大概是馬拉摩爾餐廳；那畢竟是男人跟老婆碰面的熱門地點）。然後，有個人也跑了起來，或許是哪個一時心血來潮的送報童。接著，一位肥嘟嘟的商務男士也開始邁步小跑。不到十分鐘，從聯合車站到法院，這大街上的每個人都在跑，原本一陣窸窸窣窣的說話聲也漸漸形成一只明確而駭人的單詞：大壩。「大壩潰堤了！」這句話夾雜著恐懼，自一位電車上的矮小老婦，或自一名交通警察、一個小男孩的口中脫出——沒人知道當初說出這句話的究竟是誰，不過是誰說出都無關緊要了。多達兩千位民眾驀地拔腿就跑。「往東走！」一聲吶喊自人群之中響起——快往東，離那條河遠遠的！快往東，逃到安全的地方！「往東走！往東走！往東走！」

黑壓壓的人流自乾貨店、辦公大樓、輓具店、電影院汩汩湧進所有往東走的街道，隨後又在途經民宅時，融匯了自那些屋裡奔竄而出，狂喊瘋叫的家庭主婦、孩童、殘疾人士、傭人、貓貓狗狗等涓滴細流。人們就這麼跑了出去，也不管屋裡燒著的爐火、炒到一半的菜。他們連家門也無暇關上。但我記得老媽特地把家裡該關的火都關了，然後才抱起一打雞蛋和兩條麵包準備逃命。她打算在離家只有兩個街區遠的紀念堂落腳，先到頂樓某個滿是灰塵，平時會有退伍老兵在此碰面，裡頭也堆放了舊戰旗和舞台布景道具的房間躲一下。但那群喊著「往東走！」的湧動人流也將她和我們其他人一併沖走了。後來爺爺在帕森斯大道恢復了意識，便像個渴望復仇雪恥的先知轉身面向這幫大舉撤退的烏合之眾，並告誡大夥兒務必要列好戰陣，與造反的走狗對峙到底。不過最後，他也總算搞清楚眼下的問題是大壩潰堤了，於是用他那雄渾有力的嗓音吼出一聲「往東走！」，再用一隻手臂夾起一個孩子，另一隻手臂則夾住一個身材纖瘦、約莫四十二歲，看上去一副職員模樣的男人。接下來，我們就開始慢慢追趕前方的人群。

兩千位民眾驀地拔腿就跑。

逗点文創結社

閱讀，沒有句點

感謝你購買這本書，用行動支持逗點！今年，逗點除了和讀者交朋友，更想認真回饋各位對我們的關愛與支持：只要填好背面的入場測試題，放進信封、貼上郵票、寄回逗點，就有機會和逗點人／作家一起吃快炒、喝咖啡，抽專書贈品，或得到我們的親筆問候明信片喔！

official site：www.commabooks.com.tw

Facebook / Instagram 帳號：commaBOOKS

快翻頁填寫吧！

【入場測試題】

□（必須打勾始生效）本人＿＿＿＿＿＿＿＿＿＿＿＿（簽名始生效）同意逗點文創結社得使用以下本人之個人資料建立該公司之讀者資料庫，以便參加新書回函抽獎活動或寄送新書和活動相關資訊。

姓名：＿＿＿＿＿＿＿＿ 性別：＿＿＿＿＿＿＿＿

手機：＿＿＿＿＿＿＿＿ e-mail：＿＿＿＿＿＿＿＿

生日：＿＿＿＿＿＿ 年 ＿＿＿ 月 ＿＿＿ 日

地址：＿＿＿＿＿＿＿＿＿＿＿＿＿＿＿＿

購買書名：＿＿＿＿＿＿＿＿＿＿＿＿＿＿

Q1：之前有買過逗點文創結社的書嗎？（若答是，請續答第二題。）

□有　□無

Q2：最喜歡逗點哪一本書呢？　A：＿＿＿＿＿＿＿＿＿＿

Q3：為什麼會被這本書吸引？（可複選）

□書名 □作者 □主題 □封面設計

□文案 □書名 □價格 □其他＿＿＿＿＿＿

Q4：你在哪裡買到這本書呢？

□實體書店：＿＿＿＿＿＿ □網路書店：＿＿＿＿＿＿

□其他：＿＿＿＿＿＿

Q5：有什麼話想對作者或逗點人說嗎？

謝謝您的填答，請將回函放至信封內，貼上郵票，寄至：

33047 桃園市桃園區中央街11巷4-1號 逗點文創結社 收

您所填寫之個人資料，依個人資料保護法之規定，本公司將對您的個人資料予以保密，並採取必要之安全措施以免資料外洩。本公司將使用您的個人資料建立讀者資料庫，作為寄送新書或活動相關資訊，以及與讀者聯繫之用。您對於您的個人資料可隨時查詢、補充、更正，並得要求將您的個人資料刪除或停止使用。

□我不願意收到逗點文創結社的新書/活動edm或電子報。

JOHN RUMPHREY

城北的海斯堡在稍早之時有場閱兵大典，而今那三五成群的消防隊員、警察與身著軍禮服的軍官也為這奔湧不止的人海增色不少。有名步兵團的中校本在門廊上打盹，接著就有個孩子自他廊前跑過，還尖聲喊著：「往東走！」一向決斷如流，素來是一個口令一個動作的中校立刻從門廊縱身一躍，然後全速狂奔了起來。他很快就超前了那個孩子，嘴巴也喊起了「往東走！」的口號。這一大一小順著這條小街跑，不一會兒便將街邊屋裡的人全都喊了出來。「怎麼回事？怎麼回事？」有個步履蹣跚的大胖攔住中校詢問。那中校於是放慢了速度，要找那個孩子問個清楚。「大壩潰堤了！」小女孩喘得上氣不接下氣。「大壩潰堤了！」中校吼道。「往東走！往東走！往東走！」他旋即抱起這精疲力竭的小女孩，領著這群自客廳、店鋪、修車廠、後院和地下室聚集到他身邊，一連三百個人逃命去也。

至於參加這場一九一三年大奔逃活動的總人數，一直沒有人能毫釐不差地計算出來，因為那恐慌，那從城南的溫斯洛裝瓶廠一路向北延伸了六哩，直達克林頓維爾的恐慌，就如開始時那般戛然而止了，然後身著破衣爛褲和穿著天鵝絨袍子的群群難民便一哄而散，各自溜回家，街道也因此變得寧靜而杳無人跡。東區的人們喊叫、哭泣、亂紛紛地奔跑撤離——這逃難過程自始至終還不到兩個鐘頭。有少數幾個人往東逃到十二哩外的雷諾茲堡，五十多人抵達了八哩外的鄉村俱樂部，不過絕大多數的人要麼不想跑了，要麼跑不動了，再要麼就爬到四哩外富蘭克林公園的樹上。最後，秩序得以恢復，恐懼得以驅散——全靠民兵坐上卡車，拿著擴音器四處疾呼：「大壩沒潰堤！」一開始的時候，這項告知似乎只讓場面變得更難以控制，讓民眾陷入更深的恐慌，因為許多奔逃的人都以為那些民兵喊的是

「大壩已潰堤！」，以為這場災難已經官方核實，是真有其事。

這段期間，陽光始終靜靜照耀著，從哪兒都看不出半點大水將來的徵兆。若當時有人從飛機上俯瞰，繼而看到地表這群散亂不整、萬頭驚竄的民眾，應該很難猜到這等現象背後的成因吧。這畫面想必會為這麼一位旁觀者喚醒某種獨特的恐懼，就像一個人在海上看到那艘荒廢的瑪麗・賽勒斯特號[3]，卻驚見船上的廚房正靜靜燒著爐火，恬謐的甲板也在陽光下熠熠閃耀時的感受。

我的一位姑姑埃狄絲・泰勒原本坐在大街上的一間電影院裡，但樂池中的鋼琴聲（當時正在放映威廉・S・哈特主演的默片）漸漸被越發響亮的隆隆跑步聲蓋過，接著，這隆隆腳步聲又被持續不斷的叫囂給淹沒了。坐在姑姑附近的一位老先生咕噥了什麼，然後就離開了自己的座位，一踏上走道便開始碎步小跑。大家見狀也都動了起來。才一晃眼，觀眾就把走道擠得水泄不通。「失火了！」有個總覺得自己會被活活燒死在戲院裡的女人放聲一喊。就在這個時候，外頭那持續不斷的叫囂變得更大更清楚：「大壩潰堤了！」有人這麼喊著。「往東走！」姑姑前面一位個頭嬌小的女人尖叫著說。於是，這群要往東走的觀眾便開始又推又擠、邊拉邊扯，還撞倒婦人與孩童，爭先恐後地來到街上，最後四散開來。而在戲院裡，比爾．哈特正從容地讓某個亡命之徒亮出底牌，負責彈鋼琴的那位勇敢女孩則大聲奏出〈划！划！划！〉（Row! Row! Row!），然後彈起〈我的後宮裡〉（In My Harem）。外頭的人或是湧過州議會大廈的庭院，或是在爬樹；有個女的設法登上了「這些就是我的珠寶」[4]塑像，塑像上那些銅製的謝爾曼、史丹頓、格蘭特、薛里丹則冷眼看著這座首府陷入動盪崩潰的局面。

有個女的設法登上了「這些就是我的珠寶」塑像。

「我往南跑到州府大街，再往東跑到第三街，然後朝南邊的市鎮街走，接著向東一拐。」埃狄絲姑姑在給我的信中寫道。「後來有個高高瘦瘦、眼神淩厲的女人；看她下巴就曉得這人有非常堅定的意志。她在半路超越了我。雖然大家都在叫呀喊的，我還是搞不清楚究竟發生了什麼事。我費了好一番工夫才追上那女人，因為，欸，儘管她都五十好幾了，跑起步來卻是一派優雅輕鬆，體能似乎好得不得了。『到底是怎麼啦？』我氣喘吁吁地問。她先是掃了我一眼，然後又將頭擺回前方，還稍微加快了腳步。『別問我。問上帝！』她說。

「我跑到格蘭特大道時，整個人已經累到連H．R．梅樂里醫生——你可記得蓄著白鬍子，長得有點像羅伯．布朗寧（Robert Browning）的梅樂里醫生？——哎喲，我才在第五街和市鎮街交會的路口把他遠遠甩在後頭，這會兒他都跑到我前面去了。『要追上來了！』他喊道。我就覺得不管是什麼要追上來了，包準快追上來了沒錯，因為，你也知道，梅樂里醫生說起話來一向很能服眾。我當下還不明白他指的是什麼，但我後來知道了。有個穿著四輪溜冰鞋的男孩在他身後滑行；他把溜冰鞋唰唰的聲音聽成嘩嘩的水聲啦。後來他跑到帕森斯大道和市鎮街交會的哥倫布市女子學校，終於累癱了，也開始想著自己將被塞奧托河這挾著白沫的冰冷河水給滅頂。此時，那溜冰鞋男孩繞過了他，然後繼續前行。梅樂里醫生這才總算是豁然開朗，發現自己先前拚死逃離的究竟是什麼。他回頭觀察來時路，完全不見大水沖來的跡象。不過，稍事休息後，他仍舊往東慢跑了起來。他在俄亥俄大道追上了我，我們便就地歇歇腿兒。那時應該有七百個人超越我們囉。真有趣，大家都用跑的呢。似乎沒人有那個勇氣停下腳步，走去發

「要追上來了！」他喊道。

動自己的車子。但我記得那個年代的車都得靠曲柄發動，這說不定就是原因所在。」

隔天，這座城市彷彿什麼都沒發生過一樣如常運作，只是沒人開玩笑了。兩年之後——甚或更久——大家才敢用輕鬆的態度回顧這起大壩潰堤的事件。就是事隔二十年的現在，還有一些人會在對方聊到「午後大逃亡」時就悶不吭聲了，像是梅樂里醫生。

1. Nathan Bedford Forrest 為南北戰爭時期的南方將領；戰後加入了三K黨。
2. 典出莎翁名劇《朱利亞斯．西撒》（或譯《凱撒大帝》）中西撒的台詞。該句台詞在說西撒就如北極星般堅定而無可動搖，不會因眾人的哀求改變自己的決定。

3. 建於一八六一年，原為一艘加拿大的前桅橫帆雙桅船，經歷許多航行意外之後便被賣給美國人，船名也被改為瑪麗・賽勒斯特號（Mary Celeste），不過船乖舛的命運似乎沒有就此打住。一八七二年時，有人發現船正朝直布羅陀海峽全速前進，船上卻不見任何船員。

4. 典出羅馬節婦柯妮莉亞（Cornelia Africana）的故事：有位穿戴華麗的貴婦前來拜訪柯妮莉亞，並表明自己也想欣賞女主人的珠寶。一身素樸的柯妮莉亞遂指著自己的三個孩子，答道：「這些就是我的珠寶。」（These are my jewels.）俄亥俄哥倫布市託此典故為南北戰爭的北軍將領（即後文所列；格蘭特為總司令）立像。

鬧鬼夜
The Night the Ghost Got In

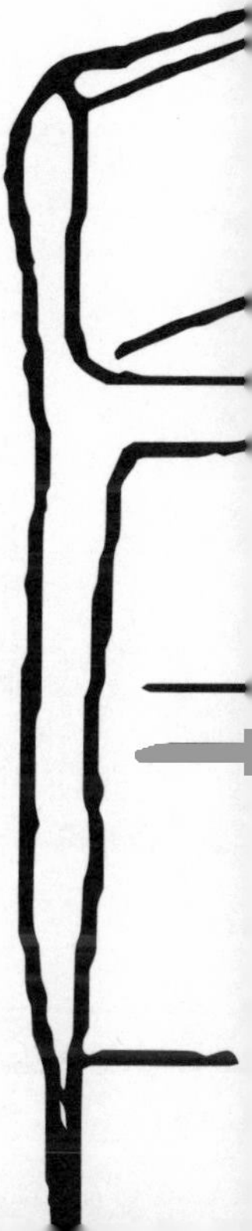

一九一五年十一月十七日的晚上，我們家鬧鬼了。這事引發了天大的誤會，還鬧得人仰馬翻，我真後悔當初沒有直接上床睡覺，索性讓鬼繼續在家裡走來走去就好。由於鬼的大駕光臨，老媽用一只鞋砸破了鄰居家的窗戶，最後爺爺還開槍打傷了一名巡警。所以，正如我方才所說，我對自己曾留意那腳步聲的行為感到非常後悔。

那腳步聲於半夜一點十五分左右出現，以一種帶有韻律，而且節奏頗快的方式繞著飯廳的餐桌走。老媽當時在樓上的房間裡睡覺，我哥荷曼則睡另一間房。爺爺睡在閣樓的那張老胡桃木床上，也就是各位印象中曾塌在我老爸身上的那張床。我呢，才剛出浴缸，正忙著用毛巾擦乾身子——腳步聲就傳來了。是男人繞著樓下餐桌快步行走的腳步聲。我就著浴室的燈光看進後段樓梯，那樓梯往下就是飯廳了；盤架上的盤子反射出幽微的光，可我完全看不到那張餐桌。那腳步一圈又一圈繞著餐桌走，每隔一會兒還會踩到某塊木板，發出嘎吱的聲響。我起初以為是老爸或老弟羅伊從印第安納波利斯回來了，畢竟他們隨時都有可能到家。接著，我想到說不定是宵小上門。過了好一段時間，我才懷疑是家裡鬧鬼。

我聽了大概三分鐘的腳步聲，就踮起腳走進荷曼的房間。「噗嘶——！」我在一片漆黑之中用氣音叫他，也動手將他搖醒。「噢嗚……」他則用米格魯感到喪氣時發出的那種落魄低叫回了我一聲——從以前到現在，他多少相信自己會在大半夜裡被什麼東西給「抓住」。我告訴他是我。「樓下不知道有什麼東西！」我說。荷曼下了床，跟著我走到後面的樓梯口。我們倆豎起耳朵聽著。毫無動靜。那腳步聲停止了。這個時候，荷曼看向我，還有點嚇到的樣子：我全身上下只圍了條浴巾。他想回房睡覺，

他多少相信自己會在大半夜裡被什麼東西給「抓住」。

但我拉住了他的手臂。「樓下有東西啦！」我說。說時遲那時快，那腳步聲又響起了，就像有個男的正繞著餐桌兜圈子，接著又踩起沉重的步伐上樓，而且一次跨兩階那樣朝我們而來。浴室的燈光依舊慘澹地打在樓梯上，我們的眼前卻什麼也沒有。我們只聽見腳步聲。荷曼衝回房間，砰地關上了門。我也猛然甩上樓梯口的門，還用膝蓋頂住門面。經過漫長的一分鐘後，我再緩緩地將門打開。門外什麼也沒有，也沒有半點聲響。後來我們誰也沒再聽到鬼的腳步聲。

我和荷曼連連甩門的聲音驚動了老媽：她從房間向外張望。「你們這兩個孩子到底在搞什麼鬼？」她問。荷曼壯著膽子走出房間。「沒啊。」他生硬地說，可他那張臉已經微微發青了。「樓下那跑來跑去的聲音又是怎麼一回事？」老媽問。這麼說來，她也聽到腳步聲了！但我們只是怔怔望著她。「有賊！」她憑直覺喊出了答案。我想讓她安靜下來，便往樓下移動個一兩步。

「走吧，荷曼。」我說。

「我要陪媽媽。」他說。「她太激動了。」

我走回樓梯口。

「你們倆通通給我待在這兒。」老媽說。「我們報警去。」可電話在樓下，我還真不曉得要怎麼報警——我也不想麻煩警察出動——但老媽已經做出她這輩子迅速又令人叫絕的決定之一了。她猛地拉起臥室一扇窗戶，再拾起一只鞋往正前方，也就是我們隔壁鄰居臥室的窗戶用力一扔，鞋就飛過兩棟房子中間的狹窄空地，砸破了對面的一塊窗玻璃。玻璃哐啷啷掉進了那間臥室，而退休的雕刻師傅鮑德威爾和他老婆就睡在裡頭。鮑德威爾那幾年狀況一直很差，三不五時就會輕微地「發病」。我們認識的人或這附近的居民大多都有某種病可發。

時間差不多兩點了。在這沒有月光的夜空裡，雲朵黑沉沉地低掛著。鮑德威爾隨即來到窗邊，又吼又叫又舉著拳頭亂揮，有點氣呼呼的樣子。「我們會賣掉這房子，回皮歐利亞去。」我們能聽到鮑德威爾太太這麼說道。過了一陣子，老媽才得以和鮑德威爾「搭上話」。「有賊呀！」她嚷嚷著。「家裡有小偷！」我跟荷曼都不敢告訴她那是鬼不是賊，因為老媽雖怕小偷，但更怕鬼。鮑德威爾原本以為老媽是說他家有小偷，不過後來總算鎮定了下來，並用床邊的分機電話替我們報了警。他離開窗邊後，老媽突然作勢要扔出另一只鞋子，但這麼做絕非因為還有什麼忙要請鮑德威爾幫，而是因為——她後來解釋給我們聽——用鞋砸破窗玻璃的感覺真的好刺激，簡直叫她欲罷不能。我阻止了她。

警察在短到值得眾人稱道的時間內趕來了：一台福特轎車裡坐滿了警察，外加兩個騎著摩托車而來，還有一輛塞了約莫八位警察和幾名記者的囚車跟著。他們開始使勁拍打我們家的前門。好幾隻手電筒或在牆面上、院子裡照來照去，或沿著我們家和鮑德威爾房子中間的窄道投下一條條光束。「快開門！」有道粗啞的聲音喊著。「我們是總局派來的！」我想下樓幫他們開門，畢竟人家都到了，但老媽就是不讓我去。「你身上連塊布都沒有——」她指出。「你會重感冒呀。」我將那條浴巾重新圍好來。那些條子只得用肩膀全力頂開我們家這扇嵌著厚實的斜面玻璃，又大又重的前門，最後破門而入：我能聽到木頭被劈裂、玻璃潑灑在走廊地板上的聲音。他們用手電筒掃過客廳的每一個角落，然後對著飯廳上上下下、左左右右，神經兮兮地照來照去，再朝走廊倏地一晃，順著前段的樓梯往上打光，也照亮了後段的樓梯。他們發現我裹著一條浴巾站在樓梯的階頂。有個粗勇的警察跳上樓梯。「什麼人？」他問道。「這兒是我家。」我說。「喔。你是怎樣，很熱哦？」他問。事實上，我很冷。我回房套件褲子，正打算走出房間的時候，又被一個警察用槍抵住肋骨。「你在這裡做什麼？」他問。「這兒是我家。」我說。

負責指揮現場的警官向老媽報告：「半個人影也沒有，太太。」他說。「八成是逃走了——他什麼長相？」「是『他們』。他們有兩三個人。」老媽說。「大吼大叫大吵大鬧的，用力甩門砰砰響。」「這可奇了。」這位警官說。「府上的窗戶和門全都反鎖了，牢得很呢。」

樓下則傳來其他警察咚咚咚的腳步聲。這房子裡處處是警察。他們會

這房子裡處處是警察。

將房門猛地一拽，把抽屜猛地拉開；窗戶被抬起又被拉下，傢俱被摔到地上，發出沉重的悶響。樓上那一片漆黑的前廊出現了六個警察。他們要對這層樓進行地毯式搜索，於是挪開一張張靠牆的床鋪，扯下衣櫥裡一件件吊在掛鉤上的衣服，也翻出架上所有的手提箱和盒子。有個警察搜出一把舊齊特琴；那是羅伊在一場撞球錦標賽中贏得的獎品。「喂！喬，你看。」他說，並用他那隻大手撥了撥琴弦。那名叫喬的警察便接過這把齊特琴，把琴翻前翻後地看。「這是什麼？」喬問我。「一把破齊特琴。以前我們家的天竺鼠會躺在上面睡覺。」我說。我們以前養的天竺鼠確實只願意睡在這把齊特琴上，可我千不該、萬不該這麼回答的。喬和另一名條子盯著我看了好久。後來他們把琴放回架上。

「啥也沒哩。」最先跟老媽交談的那位警官說道。「這個傢伙——」

他邊向眾警察說明，邊朝我彈出拇指。「原本光溜溜的。那位太太好像瘋癲瘋癲。」眾警察點點頭，不過沒回半句話，只顧著瞧我。在這誰都不吭聲的片刻，我們忽然聽到閣樓嘎吱一響。躺在床上的爺爺翻身了。「什麼聲音？」喬厲聲問道。我還來不及介入或解釋，就有五、六個警察衝向了通往閣樓的那扇門。我當下意識到，要是他們沒先打個招呼就直接闖到爺爺面前，無疑會讓整件事雪上加霜——話又說回來，就算他們有事先打過招呼，情況應該也不會好到哪裡去。爺爺當時正處於一種心理狀態，認為米德將軍[1]的人馬在「石牆」傑克森的節節重擊之下，已經開始撤退，甚至擅自脫隊了。

等到我上了閣樓，便發現情況果然非常混亂。爺爺顯然斷定這群警察就是自米德將軍的軍隊脫出，想借閣樓藏身避禍的逃兵。一襲法蘭絨長睡袍罩著長袖的羊毛內衣，頭戴睡帽，胸前還披了件皮夾克的爺爺跳下床來。想必條子們立刻就發現這位義憤填膺的白髮老人是這個家的一分子，但他們已經沒有解釋的機會了。「滾回去，你們這幫懦弱的狗！」爺爺怒吼著。「滾回前線去，你們這群天殺的膽小畜生！」這話一說完，他便往那位搜到齊特琴的警察頭部狠狠摑上一掌，對方就被打了個四腳朝天。其他人趕緊開溜，可速度還是不夠快。爺爺將那位找到齊特琴的警察收在槍套裡的槍奪了過來，還開了槍。這槍聲似乎震裂了椽子，閣樓裡煙霧四起。有個警察咒罵了一聲，並用手按住自己的肩膀。總之，我們這一行人最後又跑回樓下，還把他老人家關在閣樓裡。他在黑暗中又開了一兩槍，然後就躺回床上去了。「那是我爺爺。」我氣喘如牛地向喬解釋。「他以為你們是逃兵。」「看得出來。」喬說。

在尚未揪出任何人（包括爺爺）之前，這批警察不願收手撤離。對他們來說，這一晚無疑是慘遭滑鐵盧。此外，他們也明顯不喜歡「這般場面」，總感覺裡頭「有詐」——我能理解他們的觀點。他們又開始問東問西了。有個形容消瘦，身子也很單薄的男記者朝我走來。我穿著老媽的襯衫，因為先前就只找到這麼一件衣服。記者用充滿狐疑又饒有興趣的眼神看著我。「這裡到底出了什麼事啦，小老弟？」他問。我決定據實以告。「我們家鬧鬼了。」我說。他盯著我瞧了好久好久，彷彿我是台吃角子老虎機，而他剛投進的一枚五分鎳幣就這麼有去無回了。然後，他掉頭而去。那幫警察跟著他走，被爺爺開槍射中的那位則托著自己已紮好繃帶的手臂，百般咒罵、出口成「髒」。「我絕對要從那隻老鳥手上拿回我的槍。」找到齊特琴的條子說。「可不是嘛。」喬說。「你——還有誰？」我告訴他們隔天就會把槍送到警察局。
「那個警察是怎麼啦？」老媽在他們離開之後問了我一句。「爺爺開槍打中了他。」我說。「為什麼？」她問。我便告訴她，那位警察是個逃兵。「天呀，好死不死！」老媽說。「虧他這個年輕人長得這麼英俊。」
隔天吃早飯的時候，爺爺一副神清氣爽的樣子，而且滿口俏皮話。我們本以為他把發生過的事全給忘了，事實卻非如此。他添了第三杯咖啡之後，就瞪視著我和荷曼。「昨晚那些來家裡撒野的警察究竟是什麼意思？」他問。我們當場被問得說不出話來。

1. 指南北戰爭期間效力於北軍的喬治・米德（George Gordon Meade），後文提到的「石牆」傑克森則為南軍著名將領湯瑪士・傑克森（Thomas Jonathan Jackson）。

夜半又驚魂
More Alarms at Night

每當我追憶青春年少時，首先浮上心頭的那些往事總包括老爸「揚言要逮住巴克」的那一夜。各位稍後就會發現這個事件名稱並未精確符合或貼切傳達實際發生的情況，不過我和家中其他成員始終藉此影射當晚的事件。我們當時住在俄亥俄州哥倫布市一棟位於萊辛頓大道七十七號的老房子裡。打從十九世紀初，哥倫布市以一票之差險勝蘭卡斯特市，獲選為俄亥俄州的首府以來，這座城市便出現一種被窮追不捨的幻覺，而這種奇妙的城市心理也透過各色各樣的方式，影響了生活在哥倫布市的全體居民。在哥倫布市這個地方，幾乎事事可成真，樣樣不稀奇。

那個時候，老爸睡在二樓的起居室，隔壁就是老弟羅伊的房間。羅伊當時差不多十六歲。老爸通常九點半上床睡覺，不過十點半就會醒來，為我們三兄弟老愛一而再、再而三地播放那張 Victrola 唱片的習慣苦苦抗議一番。那是由奈特・威爾斯（Nat Wills）朗誦的〈家中無大事，只是狗死了〉（No News, or What Killed the Dog）。這張唱片被我們播放過太多次，導致唱盤上的溝槽都被刮出深深的切口，唱針往往只能沿著同一條溝槽轉動，然後重覆送出同樣的文字：「吃了幾口燒焦的馬肉，吃了幾口燒焦的馬肉，吃了幾口燒焦的馬肉……」把老爸逼下床的大多是這無限循環的聲音。

然而事件發生當晚，我們倒不像平常那樣吵吵鬧鬧，還在差不多同一時間就上床睡覺了。事實上，羅伊因為輕微發燒而在床上躺了一整天。他絕沒燒到說起話來會語無倫次的程度，而且我弟可是這世上最不可能語無倫次的人。儘管如此，他依舊在老爸上床之際出言警告他，說自己「可能」會因為發燒而變得語無倫次。

約莫凌晨三點的時候，羅伊——難以成眠的羅伊為了「找樂子」（他事後是這麼跟大家解釋的），決定假裝自己已經病到語無倫次了。他下了床，然後走進老爸的房間搖了搖他，並說：「巴克，你的大限已至！」老爸的名字是查爾斯，不叫巴克，也從沒有人叫過他巴克。他是位身材高䠷，有點神經質又不愛爭吵，沉湎於各式恬靜的消遣，並巴望事事都能進展得順順利利的男士。「唔？」他說，聲音中盡是睡意與困惑。「起來，巴克。」老弟冷冷說道，眼神卻流露出堅定的光芒。老爸刻意避開自己的兒子，從床的另一側跳了下來，然後衝出房間，再鎖上身後那扇門，接著就開始吼呀叫的，把我們全都吵醒了。

我們當然拒絕相信平時文靜又獨立的羅伊，會像老爸說的那樣用「鬼話」恐嚇自己的父親。我哥荷曼聽完之後不置可否，回房睡他的覺去。「你做噩夢啦。」老媽說。老爸火都上來了。「他就是叫我巴克，還說我大限已至。」他說。我們走到他那扇房門前，打開門，然後輕手輕腳地穿過房間，進了羅伊的睡房。他就躺在自己的床上，而且吐息均勻，一副睡夢正酣的模樣。光是這麼一瞥，我們就知道羅伊並沒有發高燒。老媽對老爸使了個眼色。「他真的對我說了那些話。」老爸竊竊地說。

後來，我們在羅伊房間裡的動靜似乎把他吵醒了，他看到我們時也露出（正確說來，應該是「裝出」；我們過了很久才知道他是裝的）大吃一驚、滿頭霧水的表情。「怎麼了？」他問。「沒事沒事。」老媽說。「不過是你老爸做了個噩夢。」「我沒有做噩夢。」老爸緩慢而堅決地說。他穿著一件舊式的「開衩」睡袍，而一個又高又瘦的男子配上這種剪裁的衣服看起來是何等滑稽。結果呢，在我們拋下這件事，各自回房睡覺之前，眼下的情況又變得更錯綜複雜，難以了結。我們絕大部分的家務事都會走到這一步。羅伊硬要我們說清楚講明白，老媽便用非常含混不清的方式交代了老爸告訴她的話。羅伊聽完眼睛一亮。「爸說反了。」他答道，並接著解釋自己有聽到老爸下床，說老爸還出聲喊了喊他。「我來處理。」他口中的老爸曾這麼回應。「巴克在樓下。」「這個叫巴克的是誰呀？」老媽問老爸。「我不認識什麼叫巴克的，也沒說過那種話。」老爸暴躁地辯稱。大家（當然，羅伊除外）都不相信老爸的說法。「你是做夢了啦。」老媽說。「這種夢呀，人人會做。」「我沒做夢。」老爸說。這個時候，他已經氣到快七竅生煙了。他站在衣櫃的鏡子前用一對沒有手柄的軍用梳子梳頭；梳頭的動作似乎總能幫助老爸平靜下來。老媽說，堂堂一個大男人不過因為平躺在床上睡覺時做了個噩夢，就把一個臥病在床的孩子給挖起來——他（即那位「堂堂大男人」，也就是老爸）這樣實在「太罪過，太難看」了。

而實際上呢，老爸常做噩夢一事的確是眾所熟知，不過夢境通常是和麗蓮．羅素（Lillian Russell）與克里夫蘭總統有關。他們會追著他的屁股跑。

我們繼續爭論了半個小時左右，然後老媽總算說服老爸跟她回房睡覺。「這下你們都可以睡個好覺了，孩子。」她在關上房門之際如此斷言。我能聽見老爸囉哩囉唆埋怨了好一陣子，其間還不時穿插老媽表示懷疑的單音節字。

事情過了差不多半年，老爸又碰上類似的狀況，但這次是跟我。他當時正在我隔壁房間裡睡覺。我那天想了一下午，就是想不起珀斯安博伊（Perth Amboy）這個地名。現在想想，這個名字也不算多難記嘛，偏偏那天即便我在腦中叫出全美其他城鎮的地名，甚至搬出赤陶、瓦拉瓦拉、海運提單、反之亦然、假鬼假怪、波爾摩爾、博德利．罕德、舒曼海茵克[1]

等等專有名詞也好、一般詞組也罷的字彙，還是記不起珀斯安博伊的全名，而且連邊都沒沾上。「赤陶」應該算裡頭最接近正解的一個了[2]，雖然仍不是非常接近。

那天夜裡，我上了床，好久之後又苦思起這個問題。我躺在一片黑暗之中，也開始放任自己漫無邊際地胡思亂想。好比說，這世上根本沒有那個城市，就連紐澤西州也是不存在的。我開始「澤西」、「澤西」不斷重覆地唸，唸到「澤西」聽起來傻不溜丟、毫無意義才停下。若各位也曾在某個輾轉難眠的夜裡，躺在床上一遍又一遍、一次復一次地將同個單詞唸上千千百百萬萬回，應該不難理解我後來這種煩不勝煩的心理狀態。接下來，我開始想像這世界之大，卻獨有我一人，也就這點編織出林林總總無所設限的狂想。我一直躺在床上幻想那些荒謬絕倫的情景，搞到最後人都有點慌張了起來。我開始覺得這種「不想不快」的瑣碎心理活動是會讓人失去理智的，一如我徒勞思索著陸地，思索著滾地小豬連鎖超市鞏根佐拉乳酪祭司王約翰凱旋門聖摩西拉瑞斯與佩納忒斯[3]。我開始有種必須和他人接觸的迫切感。我該就此打住這愚蠢又令人侷促不安的紊雜念頭與想像。再不查出紐澤西那座城鎮的地名，安心闔眼入睡的話，我恐怕就要精神錯亂了。於是我下了床，走進老爸的睡房搖了搖他。「嗯？」他咕噥一聲。我使勁搖晃他，他才總算睜開眼，眼裡還帶著一絲朦朧和恐懼。「怎麼了？」他用沙啞的聲音問道。我當時鐵定張著好不猖狂的眼神，這頭蓬蓬亂髮應該也在午夜時分變得如猛獸一般無法無天、放蕩不羈了。「怎麼回事？」老爸邊說邊坐起身，準備從床的另一邊猛地往下跳。他當下一定覺得自己這三個兒子不是瘋了，就是快要瘋了。我現在突然能體會他那個時候的心情，可我當時壓根沒想到這一點，因為我完全忘了那起「巴克」事件，也絲毫沒意識到自己的出現會和羅伊之前溜進老爸房間，又是叫他「巴克」、又是宣告他大限已至的那一夜有著異曲同工之妙。「聽好——」我說。「馬上說出幾個紐澤西的城鎮！」那時應該已經凌晨三點左右了。老爸下了床，然後理一理隔在我們中間的床鋪，還開始套上褲子。「犯不著穿衣服。」我說。「我只要你舉出幾個紐澤西的城鎮就好。」他草草穿上衣服——我記得他漏掉襪子，直接將腳塞到鞋子裡——並用顫抖的聲音唸出好幾個紐澤西的地名。我也仍舊記得他那副明明伸了手要拿外套，兩隻眼睛卻死盯著我不放的模樣。「紐瓦克……」他開始唸道。「澤西市、大西洋城、伊莉莎白、佩特森、巴塞克、川頓、澤西市、川頓、佩特森——」

「那個地方有兩個名字。」我惡聲惡氣地說。「伊莉莎白和佩特森。」他說。

「不對，不對！」我非常不耐煩地回答。「那個地方是一個城鎮，那個城鎮的名字是由兩個單詞組成的，就像迴旋滑梯，『迴旋』加『滑梯』。」「迴旋滑梯。」老爸嘴巴唸著，腳則慢慢往房門的方向移動，還擠出一絲尷尬的僵笑——我現在總算明白他當初是遷就我，才會擺出那種表情。當他距離房門只有數步之遙，便飛也似的奪門而出、衝進走廊，他夾克的後擺和鞋帶還騰空飄揚了起來。他這一跑，我也傻了，但我沒想到老爸以為我發瘋了；我只覺得老爸發瘋了，或是正處於一種半夢半醒的夢遊狀態，然後沒來由地奔跑了起來。我趕忙追上去，沒多久就在老媽的房門前發現了他的身影。我抓住老爸，打算好言相勸。我也稍微搖了搖他，希望他能徹底清醒過來。「瑪麗！羅伊！荷曼！」他大喊，然後我也開始大叫老媽和我那兩個兄弟。老媽隨即把門一開，接著就看見一個穿著睡衣睡褲，一個漏了襪子襯衫，顯然衣服只穿到一半的我和老爸在這凌晨三點半扭打成一團，大聲喧鬧。

「說，現在是什麼情況！」老媽邊將我們拉開，邊聲色俱厲地質問。好在她總有辦法應付我跟老爸。好在不管我們這一家老小的誰說了什麼或做了什麼，永遠驚動不了她一分一毫。

「小心小詹！」老爸說。（他一激動就會叫我小詹。）老媽轉過頭來看我。

「你爸到底怎麼啦？」她問。我說我不知道；我說老爸忽然跳下床，套了衣服就往門外跑。

「啊你是打算跑去哪裡？」老媽用沉著的語氣問他。他則看看我。我和老爸你看我、我看你，兩個人都喘得要命，不過多少是冷靜下來了。

「大半夜的，他居然跟我瞎扯什麼紐澤西。」老爸說。「他進我房間叫我列舉一些紐澤西的地名。」老媽看向我。

「我就只是問他而已。」我說。「我想破頭也擠不出那個地方的名字，根本睡不著。」

「看吧？」老爸得意地說。老媽沒有轉頭看他。

「你們兩個都給我回房睡覺。」她說。「今晚別再讓我聽到你們任何一個人的聲音。都凌晨幾點了，還在那邊穿鞋穿褲，在走廊上追趕跑跳碰！」老媽走回房間，砰地甩上房門。我跟老爸也各自回房睡覺了。「你沒事吧？」他出聲喚了喚我。「你呢？」我問。「嗯。晚安。」他說。「晚安。」我說。

隔天吃早飯的時候，老媽不准其他人討論夜裡發生的事。荷曼問起我們到底捅了什麼妻子。「咱們來聊聊比較能振奮人心的事吧。」老媽說。

1. 以上短語在英文中，皆為由兩個單字（中間或有介系詞或連字號）組成的詞組，依序分別是 terra cotta、Walla-Walla、bill of lading、vice versa、hoity-toity、Pall Mall、Bodley Head、Schumann-Heink。
2. 位於紐澤西州的珀斯安博伊在二十世紀曾有不少赤陶製造廠，有間公司甚至就叫「珀斯安博伊赤陶公司」。
3. 於羅馬神話中，拉瑞斯（Lares）與佩納忒斯（Penates）是常以複數形式出現的家庭守護神祇；前者旨在保護家庭能順利傳宗接代，後者則會確保家庭安康、家道昌隆，故中文或譯為「小財神灶神們」。亦可指「傳家之寶」。

傭人小記
A Sequence of Servants

我還住在家裡的那幾年，老媽僱傭人總是一位接一位請個沒完，不過我只記得其中的十至十二人（我們家前前後後大概請過一百六十二個幫傭，但讓我印象深刻的可說是少之又少）。而我心中這群永垂不朽的傭人裡，有位名叫朵拉·潔德，年紀三十有二，平時不多話，生性害羞的女性。她在某晚朝自己房間裡的男人開了槍，也把我們全家上下搞得天翻地覆；當時場面之混亂，大概只有鬧鬼那夜可相比擬了。沒人知道朵拉的愛人——一個鬱鬱寡歡的修車工——是如何進入我們家的，不過方圓兩個街區以內的住戶都曉得他是怎麼離開這棟房子。朵拉當晚特地換上一襲淡紫色的晚禮服，還配戴了一大堆首飾（有些是老媽的）。她開槍之後便不停嘶吼著莎士比亞筆下的台詞——確切的句子我忘了——並追著那位先生從她閣樓的房間一路跑到樓下。他一跑到二樓就衝進老爸的房間，繼而把老爸，這個向來睡得酣沉，即便是稍早的槍聲或嘶吼也吵不醒的男人給驚醒了。「把我弄出去！」被害人放聲吶喊。接下來，整個情況轉眼就發展成那些令人茫無頭緒、亂成一團的事件之一。只能說我們家在這方面，恐怕真有幾分叫人遺憾的天賦吧。警察趕到時，朵拉正在客廳狂扔汽燈的紗罩，她的男性友人則已逃之夭夭。一切到了拂曉時分才復歸平靜。

奇的不只朵拉・潔德這一位。葛緹・史卓普：人高馬大、態度親切、臉色紅潤，還是一品脫裝的黑麥威士忌酒瓶收藏家（她離開之後我們才發現這點）。話說有天晚上，她到巴克艾湖（Buckeye Lake）那兒參加舞會，進門時都超過兩點了。我們被她碰撞、弄翻傢俱的聲音給吵醒。「是誰在樓下？」人在樓上的老媽問。「親愛的，是我。」葛緹說。「葛緹・史卓普。」「妳在幹啥呀？」老媽問道。「在撣灰塵呢。」葛緹說。

「在撣灰塵呢。」葛緹說。

、

歡艾瑪・克萊默，我的最愛之一。她母親愛死了「歡妮塔」這個名字，便在自家女兒的名字前一一冠上那開頭的「歡」字——她們分別叫歡艾瑪、歡海倫、歡格蕾絲（還有一個就叫歡妮塔）。歡艾瑪是個身材纖瘦、神經兮兮的女傭，無時無刻不在擔心自己會被人催眠。但這份恐懼也不是無中生有，因為她本身極其容易接受催眠的暗示，就是她某天傍晚在B・F・基斯劇院看到台上的男人被催眠時，台下的自己也進入了催眠的狀態，還掙扎著站上走道，和台上那位被下了「你是一隻雞」指令的觀眾一起吱吱咯咯地叫。結果催眠秀被迫中止，幾位木琴樂手還得站出來重整秩序。記得有天晚上，我們一家子都睡得又香又沉的時候，歡艾瑪卻在睡夢中被催眠了。她夢見有個男人「把她弄昏」，但還沒「將她弄醒」就不知去向。後來是我們好不容易請到家裡的法醫（唯一一個被我們說動，願意在凌晨三點出診的醫生）一巴掌打醒了她，她才道出這次被催眠的原委。不過歡艾瑪的情況越來越嚴重，到了後來，光是一個嗡嗡聲響或是機器發出的低鳴、物品一閃而過的畫面就能讓她陷入昏迷，我們也只好請她捲鋪蓋走人。然而近日，當我觀賞《拉斯普丁和女皇》（Rasputin and the Empress）這部電影，看到裡頭飾演邪惡牧師的萊儂．巴利摩（Lionel Barrymore）在沙皇的長子眼前甩動一只亮晃晃的手錶時，這催眠的場景也讓我想起了歡艾瑪。假使歡艾瑪在哪家戲院目睹了這一幕，絕對是會——我有十足的把握——瞬間進入催眠狀態的。幸好她似乎錯過了這部片，否則巴利摩先生可能得再次扮成拉斯普丁（天啊，但願這事不會讓我一語成讖），大老遠地趕來為她解除催眠——這倒不失為一種高超的宣傳手法，但也太煞費周章了吧。

在我介紹華西蒂……呃，我忘記她姓什麼了——介紹她之前，請容我順帶提提家裡另一位白人女傭（華西蒂是一名黑人女性）。蓓兒．吉丁因為某個動作而在這群傭人之中嶄露了頭角，不過謝天謝地，這動作並沒有惹出像歡艾瑪陷入催眠狀態，或是朵拉．潔德亂槍掃射所造成的混亂場面。蓓兒先前燙傷了手指，但她是故意這麼做的：某天下午，她把手指伸進熱水壺的蒸汽，而那壺裡正是煮沸的滾水。她想知道前幾晚在戲棚子花五十分錢買的止痛藥到底有沒有效。沒錯啊，這種事的確是試過才知道。

到頭來，華西蒂成了帶點傳奇色彩的人物。這位長相標緻、神情嚴肅的黑人女性總有辦法找回老媽的失物。「真不知我那石榴石胸針跑哪兒去了。」老媽有天說道。「是的，夫人。」華西蒂應了一聲。不到半小時，她就找到了那只胸針。「妳究竟是在哪兒找著的？」老媽問。「在院子。」華西蒂說。「八成是狗把胸針叼到屋外去了。」

華西蒂的對象是一個名叫查理的年輕黑人司機，不過她的繼父也對她懷有男歡女愛之想。我們家沒人見過華西蒂的繼父，可據她所說，他是位英俊但成天遊手好閒的男子，為了接近華西蒂而自家鄉喬治亞州北上娶了她的母親。華西蒂的未婚夫查理很想宰了這位繼父，我們就勸小倆口乾脆逃往他鄉。華西蒂卻突然哭得稀里嘩啦，還開始大唱聖歌，並發誓這輩子絕不會離開我們。這副命運的十字架她倒背得挺樂的。因此，我們那段時間天天面對著死亡的脅迫，畢竟華西蒂、查理和她繼父哪個晚上就在我們家廚房殺個你死我活的機率，有的時候還真不小。有天半夜，我到廚房泡杯咖啡喝時，就看見查理站在窗邊望著我們家的後院，華西蒂則在一旁翻白眼。「他來了！他來了！」她哀嘆道。然而，這位繼父始終沒有現身。

為了帶華西蒂遠走高飛，查理好不容易攢了二十七塊美金，怎料有天，他在一時衝動之下就用那筆錢買了把點二二口徑，槍柄還鑲了珍珠母的左輪手槍。他逼華西蒂說出她母親和繼父的住處。「別上那兒去，你別上那兒去！」華西蒂說。「我媽就跟那個男人一樣，性子衝得很！」可查理執意要去。然後，真相大白了：華西蒂沒有繼父。她所謂的繼父根本不存在。查理甩了華西蒂，和一個叫南希的黃種姑娘在一起。他一直不肯原諒華西蒂，因為對他來說，這麼一號討厭鬼已然成為比華西蒂更不可或缺的存在，卻就此從他生命之中消失了。事後，只要有人向華西蒂問起她繼父或是查理的近況，她便會用驕傲的口吻、飽經世故的態度答道：「他們兩個終於不會再纏著我了。」

杜迪太太像彗星一般掃來我們家，又如彗星一般離開了。這位女士塊頭很大，歲數已屆中年，身上還沾染著宗教的陋習。她到我們家的第二晚，就在洗碗時氣得暴跳如雷，還追著老爸（她以為老爸反基督）跑上後段的樓梯，再奔下前段的樓梯，就這麼來來回回了好幾趟。他原本安安靜靜地坐在客廳裡喝他的咖啡，接著杜迪太太就揮舞著一把麵包刀從廚房衝了進去。最後老哥荷曼用一件麗比雕花玻璃，也就是老媽的結婚賀禮擊倒了她。我記得事發當時，老媽正在閣樓裡翻找一些年代久遠的舊器物，導致到了事件中段才姍姍來遲，登場後也隨即誤判了眼前的情勢，以為是老爸追著杜迪太太跑個沒完。

羅伯森太太是位肥胖、說起話來咬字不清，上了年紀的黑人女性——我無法確定她當時究竟是年滿六旬或是已經一百歲了。在羅伯森太太為我們家洗衣服的漫長歲月裡，我們也不只一次被她嚇出一身冷汗。她以前是名南方的奴隸，記憶中也仍保有兩軍行進時的畫面：「一邊是一堆穿著藍

「她到我們家的第二晚，就在洗碗時……」

衣服的人，一邊是一堆穿著灰衣服的人。」「他們——」老媽有回問羅伯森太太。「是為了什麼打起來的？」「這……」羅伯森太太說。「我就不曉得啦。」她隨時都有種即將出事的預感。直到現在，我還清楚記得她那提著一籃子的衣服自地下室踉踉蹌蹌地上樓來，走到了廚房正中央又驟然止步的樣子。「聽吶！」她會用一種低沉的喉音說。於是我們全都專注聆聽，但始終沒聽到什麼怪聲音。或是，當她大喊一聲「那是啥咧！」，並伸出顫抖的手朝窗外一指，我們也從未發現過任何異狀。老爸三番兩次表示無法忍受羅伯森太太繼續待在家裡，但老媽就是不願辭退她，把她當個寶似的。有一次，她腋下夾著一只洗碗盆徑自走入老爸的書房；那盆裡滿是她剛擰好的衣物。原本埋首圖表之中的老爸抬頭一看，而她也注視著他，兩人一時無話。緊接著——「小心吶！」她說，然後就自行退下了。又有一次，她在某個昏暗的冬日午後又跌又撞地爬出地下室的樓梯，再砰砰咚咚、上氣不接下氣地跑進了廚房，而老爸就在廚房裡啜著他的黑咖啡。他剛拔了顆牙，心中那忐忑不安的感覺還沒平復過來，這天泰半的時間也都躺在床上休養。「樓下有隻報死蟲[1]！」這位年長的黑人女性用低沉的嗓音說道。她聽見暖氣爐後方傳出奇怪的聲響，好似在搗碎什麼東西。「那是蟋蟀。」老爸說。「呃呃——」羅伯森太太不以為然。「那就是一隻報死蟲！」語畢，她便戴上帽子準備回家，離去前還挨著後門站了好一會兒，陰沉沉地對老爸撂下這句：「那才不是什麼蟋蟀！」他為此氣了好幾天。

　　就我記憶所及，羅伯森太太真正樂開懷的時候就只有傑克·強森在一九一〇年七月四日擊倒傑佛瑞先生的那一刻。她在當晚通過城南的黑人遊行上扮演了極重要的角色：用一把斑鳩琴彈奏西班牙凡丹戈舞曲。引導遊行隊伍的總指揮是她教堂的牧師。羅伯森太太後來告訴我們，牧師說傑克打敗傑佛瑞先生一事證明了「這個種族的優越性[2]」。「他這話——」老媽問。「是啥意思來著？」「這……」羅伯森太太說。「我就不曉得啦。」

至於我們家其他的傭人，我就沒有這麼鮮明的印象了，除了放火燒房子的那位（我想不起她姓何名誰）以及艾妲．米爾莫斯。艾妲總是有點悶悶不樂的樣子，但她在我們家也待上個把月了，跟我們相處的時候也都默默做著自己分內的工作，而且效率極佳——直到卡森．布萊爾和F．R．嘉德納來家裡吃飯那一晚。老爸能不能一展抱負，還得看這兩位肯不肯點頭。然後，就在上主菜時，艾妲突然將手上的東西一扔，並用她那顫抖的手指指著老爸，接著就開始滔滔不絕地胡亂指控他剝奪了她對紐約三一教堂的土地使用權。後來嘉德納先生也「發病」了，那一晚只能用「慘不忍睹」

來形容。

1. 又譯「蛀木蟲」，據傳此蟲蛀木的聲音即是人之將死的前兆。
2. 傑克．強森（John Arthur "Jack" Johnson）與傑佛瑞先生（James Jackson Jeffries）皆是美國的重量級拳擊手，但前者為黑人，後者為白人。

愛咬人的狗
The Dog That Bit People

或許人在有生之年，是不應該像我這樣養過那麼多條狗的，但是對我而言，養狗的樂趣遠大於牠們為我平添的痛苦——除了那條叫瑪格斯的萬能㹴。牠給我惹出的麻煩比其他五十四還五十五隻狗加總起來還多，雖說我這輩子窘到極點的一刻當數金妮，這條蘇格蘭㹴犬明明才在紐約某間四樓公寓的衣櫃裡生下六隻小狗，卻硬要我帶牠出去遛遛，接著就在第十一街與第五大道交會的路口毫無預警地產下第七隻，亦是最後一隻小狗那時候。對了，還有那條得過獎的法國貴賓。牠絕不像那些嬌小玲瓏又好管教的白色貴賓，而是條特大號的黑毛貴賓，跟我搭車前往格林威治愛犬大賽時，還在車尾的露天折疊座椅上吐了。牠喉嚨那兒套了件紅色的橡膠圍兜兜，加上我們途經布朗克斯區時在半路遇上了暴雨，我還得幫牠撐把綠色的小傘，不過憑良心講，那更像是一把女用陽傘。雨下得滂沱，然後司機忽然把車開進一間大型修車廠，裡頭滿是修車工。事情發生得太快，我都忘了該收起手中的傘了。但我永遠忘不了——每當我想起這事，還會難過得想吐——那位特別冷酷的修車工前來招呼我們時，因為瞧見我和我的黑毛貴賓而露出的那副難以置信兼深惡痛絕的表情。舉凡修車工和缺乏包容力之人，無不憎恨理著古怪毛髮的貴賓狗，尤其當牠們屁股還頂著一團啦啦隊彩球似的蓬毛。可是，想讓狗拿獎的話，就得這麼搞呀。

不過呢，就如我先前所言，我養過的狗再差勁也比不上那條萬能㹴。真要說起來，牠還不是我的狗：有年我放暑假回家，就發現老弟羅伊在我離家這段期間買了這條狗。這狗又大又結實，脾氣又火爆，而且總表現得好像牠已認定我不是這個家的一分子。身為這個家庭的成員還是有一點點好處的，畢竟牠咬家裡人不會像咬外人那般頻繁。話是這麼說，牠在我們家的那些年還是人盡皆咬，獨漏老媽。有回牠接近老媽，不過撲了個空——就是我們家突然出現老鼠，而瑪格斯拒絕對牠們出手的那個月。相信從來沒有人會在家裡看到我們那個月碰上的那種老鼠：牠們的一舉一動就彷彿人類豢養的寵物，簡直像是經過訓練的老鼠。老鼠們非常好相處，老媽甚至在請弗萊拉里拉（她和老爸當時已入會二十年的俱樂部）的人前來作客的那晚，將一碟碟的食物擱在茶水間的地板上，好叫那些老鼠都能大飽口福，不會跑進飯廳打擾大家用餐。至於瑪格斯，牠也和老鼠們待在茶水間裡，不過自顧自地趴在地上呼嚕嚕地低吼——牠不是在對那些老鼠叫，牠是因為好想咬遍隔壁那滿室的人才吼個不停。老媽曾偷偷溜進茶水間探探情況。一切都進行得非常順利。但她看到趴在地上，對鼠群——牠們見著老媽便朝她奔去——視若無睹的瑪格斯就氣得火冒三丈，於是賞了瑪格斯一個巴掌，而瑪格斯也立刻張口咬了過來，但是沒有得逞。牠馬上就後悔了，老媽說。她說瑪格斯咬完了人都會覺得悔不當初，但我們無法理解她是怎麼看出這點的。牠那態度可不是後悔的樣子。

以往老媽每逢聖誕節，就會送盒糖果給這條萬能㹴咬過的人。到了最後，這糖果名單上竟寫了四十組名字，甚或更多。誰也想不通我們為何就是不弄走這條狗。我自己也不是很明白這箇中原因，但我們一直將牠留在身邊。應該曾有一兩個人設法毒死瑪格斯過——牠偶爾會表現出中了毒的模樣——有次老莫伯力少校還在東布羅德街的仙尼卡飯店附近取出自己的佩槍，朝瑪格斯開火。儘管如此，瑪格斯仍舊活到將近十一歲，而且即便到了無法四處跑動的時期，還是咬了一位因公前來拜訪老爸的國會議員。老媽一直不喜歡這名國會議員，說從這人的星座就知道對方根本無法信任（他的土星和月亮都落在處女座）。但她那年的聖誕節還是送了一盒糖果給他。不過他隨即把糖退了回來，大概以為裡頭是惡作劇糖果吧。關於瑪格斯咬了國會議員一事，老媽竭力讓自己相信這是百利而無一害的，儘管老爸因此葬送了一條事業上的重大出路。「我才不想跟那種人打交道。」老媽說。「瑪格斯可把他看得透透透。」

為了討瑪格斯歡心，我們會輪流餵牠吃飯，但這招不見得每每都能奏效。瑪格斯心情一直不太好，就算剛吃完飯也一樣。大家都搞不懂牠到底有什麼毛病，但不管牠是基於何種理由而發飆，這肝火總在早上燒得特別旺。羅伊早上脾氣也是壞得很，尤其是吃早飯前。記得有回，他下樓後發現早報已經被情緒惡劣的瑪格斯給咬得稀巴爛，便拿起一顆葡萄柚往牠臉上一砸，然後跳上餐桌胡亂掃開盤子刀叉，咖啡也被他弄倒了。瑪格斯則首度全力一

大家都搞不懂牠到底有什麼毛病。

躍，就從餐桌頭跳到了餐桌尾，還撞上立在瓦斯壁爐前面的銅製爐擋。但牠不一會兒就起身站穩，最後更撲到羅伊身上，惡狠狠地在他腿上咬下一口——這就完事了。無論對手是誰，瑪格斯咬人一次就咬一口。老媽總愛用這點來幫牠說話；她會說，瑪格斯確實動不動就生氣，可牠從來不記仇。她老是在替牠辯護。我想她之所以喜歡牠，是因為牠身體不好。「瞧牠那副弱不禁風的樣子……」她會滿懷同情地說上這麼一句，但這話恐與事實有所出入。瑪格斯或許身體不太好，但牠絕對是力大無窮呀。

老媽有回上奇特頓飯店拜訪一位正在哥倫布市就「和諧振動」的主題開設講座的女性心理治療師。她想知道狗有沒有辦法感應到這種和諧振動。「牠是條棕褐色的大型萬能㹴。」老媽向女人說明。女人便說自己從沒治療過狗，但老媽不妨抱持這個想法：這條萬能㹴沒咬過人，以後也不會咬人。

於是隔天一早，當瑪格斯咬了冰販子一口，老媽就抱持這個想法，可她還把錯推到冰販子的頭上。「如果你不覺得牠會咬你，牠就不會咬你啦。」老媽告訴他。冰販子在一片異常雜躁的振動中跺著腳離開我們的家。

有天早上，瑪格斯幾乎只是順勢咬了我一口，下手還算輕。我伸手抓住牠粗粗短短的尾巴，將牠拎了起來。這麼做是挺亂來的，上回見到老媽時——約莫半年之前——她也說不曉得我當時到底中了什麼邪。我也不知道自己是怎麼了，但我那個時候就是氣不過。只要我揪住瑪格斯的尾巴往半空中一提，牠就絕對咬不到我，但牠不停齜牙亂吼、拚命地扭來動去，我也知道再過不久，牠就能自我手中掙脫。我提著瑪格斯走進廚房，然後用力把牠往地上一甩，再關上廚房的門，正好讓牠撞了個滿頭包。但我忘記堵好後段的樓梯了。瑪格斯隨即蹬上樓，再從前段的樓梯往下跑，這就把我逼入了客廳。我設法爬上了壁爐台，可那台子終究撐不住我的重量，嘩啦一聲就垮了下來，連帶讓我和一具大型的大理石鐘、幾只花瓶重重摔到地上。這陣巨響把瑪格斯嚇壞了，等到我站起身來，已不見牠的蹤影。我們開始又吹口哨、又是喊叫地尋找瑪格斯，可到哪兒都找不到牠，直到當晚飯後，老戴特威樂太太上門時才找著。瑪格斯之前咬過一次戴特威樂太太的腿；若非我們再三保證瑪格斯已不知去向，她才不願意走進我們家的客廳。可戴特威樂太太屁股剛坐下，瑪格斯就伴著牠那響亮的呼嚕吼聲和以爪劃地的聲音自一張沙發床底下探出身子，然後咬了戴特威樂太太一口。原來牠一直靜靜躲在這裡。老媽仔細看了看傷口，給她抹上山金車花製成的消腫散瘀軟膏後，就說那不過是一塊瘀青罷了。「牠就只是撞了妳一下。」她這麼告訴戴特威樂太太，後者卻氣沖沖地離開我們的家。

不少人曾向警方檢舉我們家的萬能㹴。老爸當時雖然在市政府做事，跟警察也有不錯的交情，他們還是出動過兩次——一次是瑪格斯咬了茹弗絲．史德蒂文特太太那時候，一次是牠咬了梅洛伊副州長那時候。但老媽告訴警察那不是瑪格斯的錯，要怪就該怪那些被咬的人。「他們一看到牠衝過來就放聲大叫——」她解釋道。「這樣會刺激到牠的。」警察委婉地建議我們把狗拴住，可老媽說拴著牠就等於是在羞辱牠，而且牠被拴起來的話，就吃不了飯了。

進食中的瑪格斯可是古今奇觀。我們通常會把牠的餐盤擺在一張舊餐桌上，畢竟要是將手伸向地板，準會被牠咬上一口。這舊餐桌旁還擱了條長凳，而瑪格斯就站在這條長凳上吃牠的飯。記得老媽的郝瑞修叔叔（總吹噓自己就是攻上傳教士嶺的第三人）發現我們因為不敢徒手把瑪格斯的餐盤放

不少人曾向警方檢舉我們家的萬能㹴。

進食中的瑪格斯可謂古今奇觀。

在地上，便讓狗就桌吃飯的餵法時，整個人氣到話都說不清楚了。他說自己什麼狗都不怕，並承諾如果我們把瑪格斯的餐盤拿來，他就把盤子擺到地上讓大家瞧瞧。接著，羅伊就說假使郝瑞修叔公上戰場前就在地上餵過瑪格斯吃飯，當初率先攻上傳教士嶺的就非他莫屬了。郝瑞修叔公怒不可遏。「把狗叫來！現在就把狗叫來！」他吼道。「老子就在地上餵那條××！」羅伊極力贊成讓叔公大顯身手，但老爸就是不同意，還說瑪格斯已經吃過了。「那我就讓牠再吃一頓！」郝瑞修叔公咆哮著。我們花了好一段時間才讓他安靜下來。

瑪格斯在牠生命中的最後一年裡，幾乎成天往外跑。不知怎的，牠就是不想待在屋子裡——或許對牠而言，這屋子裡有太多不愉快的回憶。總之我們很難拐牠進屋，導致收垃圾的和冰販子、洗衣服的一步也不願靠近我們家。我們只好將垃圾拖到街角，把髒衣服送去洗、洗好了再去拿回來，冰販子則會在一個街區外做我們的生意。就這樣過了好一陣子之後，我們忽然靈光一閃，想到該怎麼把瑪格斯拐進屋子，繼而在抄瓦斯表的還是誰上門時把牠關起來。瑪格斯天不怕地不怕，就怕雷電交加的暴風雨。牠會因為閃電和雷鳴而嚇得魂不附體（我想壁爐台垮掉的那天，牠八成是以為暴風雨來襲了），連忙衝進屋子然後跑到床下或衣櫥裡躲起來。於是我們拿來一片長長窄窄的鐵皮，並為其中一端接上木製的手柄，這就做了個人造打雷機。反正老媽想讓瑪格斯乖乖進屋的時候，使勁抖動這片鐵皮就對了。那玩意兒發出的雷聲幾可亂真，不過這方式或許堪稱操持家務史上最拐彎抹角的做法了。簡直累煞老媽。

瑪格斯在死前幾個月開始「看到東西」。牠會一邊呼嚕嚕地低吼，一邊緩慢地爬起身，然後跨出牠那僵硬的腿腳，衝著什麼都沒有的地方大逞威風。這「東西」有時就在家中訪客的左側或右側。有一回，一位富樂刷具的推銷員歇斯底里了起來。瑪格斯悠悠地晃入客廳，模樣就宛如哈姆雷特尾隨著他父親的鬼魂。牠那雙眼始終盯著富樂刷具推銷員的左側，這位推銷員則忍著不動聲色，直到瑪格斯已慢慢潛至差不多三步之遙的近處。然後他就開始嘶吼了。瑪格斯先是搖搖晃晃地經過他身邊，接著便踏進走廊，一路呼嚕嚕叫個不停，但推銷員還是繼續吼。看來得靠老媽拿平底鍋往他身上潑冷水，才能讓他停止嘶吼吧。以前我們三兄弟打架的時候，她就是用這招制住我們的。

一天晚上，瑪格斯就這麼死了。老媽希望將牠葬在我們的家族墓園裡，還打算立塊大理石碑，刻上「群飛的天使以歌伴汝安息[1]」之類的墓銘。可我們勸退了她，告訴她這樣是犯法的行為。結果我們把瑪格斯埋在一條荒僻的道路旁，也只立了塊表面平滑的木板權充牠的墓碑。我在這塊木板上用永久性鉛筆寫下 Cave Canem[2] 二字。這古老的拉丁墓銘簡潔典雅又莊嚴，老媽很滿意。

1. 典出《哈姆雷特》第五幕第二景，郝瑞修在哈姆雷特死時所說的台詞。
2. 為拉丁文諺語，意思是「當心惡犬」。

追想大學時
University Days

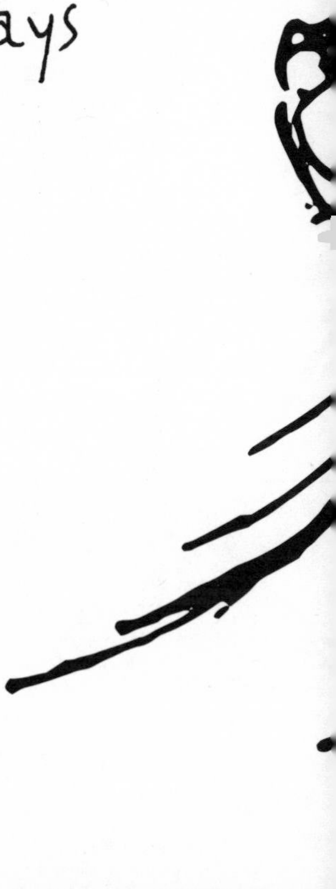

我在大學修習的諸多課程中，唯獨「植物學」這堂就是過不了。原因在於這門課的學生每週都得花若干小時窩在實驗室裡用顯微鏡觀察植物的細胞，而我偏偏無法透過顯微鏡看到東西——我從未從顯微鏡看到任何細胞。這使我的老師大為光火。老師會在實驗室裡走來走去，為學生們在繪畫複雜且——我是這麼聽說的——有趣的花朵細胞結構方面展顯的進步而感到欣喜，可他一走到我這兒，就欣喜不起來了。我往往只是杵在原地。「我什麼也沒看到。」我會這麼對他說。接下來，他便會甚有耐心地向我解釋人人都可透過顯微鏡觀察到細胞，但說到最後又不免大發雷霆，說我其實也能看見顯微鏡下的東西，只是裝作看不到罷了。「不管怎麼說，這種觀察方式都有損於花的美感。」我以前總會這麼告訴他。「這門課不是要探討花有多美——」他則會如此告訴我。「我所謂『花的構造』才是我們要全心研究的東西。」「好吧……」我會說。「可我什麼也沒看到。」「再試一次。」他答道。我便把眼睛湊上顯微鏡，可依舊看不見任何東西，除了偶爾出現的某種形體不明的乳白色物質——顯微鏡沒調好的話就會這樣。我理當看見生動鮮明、始終處於規律的運動狀態，並有著清楚輪廓的植物細胞。「我只看到很多狀似牛奶的東西。」我告訴他。他遂聲稱這是我沒調準顯微鏡的緣故。然後，他就會幫我——倒不如說是為他自己——重新調好顯微鏡。我再湊近一看，眼下卻依舊是那狀似牛奶的物質。

最後我申請了大家口中的「延期及格」，一年之後再從頭來過。（我們必須修完一門生物學科的課程才能畢業。）那時教授剛度完假回來，人曬得跟顆漿果似的。他兩眼炯炯有神，一副等不及再次為班上學子講授植物細胞構造的樣子。「我說呀……」我們在新學期的第一堂實驗室觀察課上碰面時，他便興高采烈地對我說。「這回我們總該看到細胞了，對吧？」「是的，先生。」我答道。我左右兩方和前面的學生都在觀察細胞，甚至開始將觀察到的細胞樣態靜靜畫在筆記本上。我呢，可想而知，還是什麼也沒看見。

「讓我們竭盡人類迄今掌握到的顯微鏡調整知識——」教授板起臉對我說。「再試一回。蒼天為證，我絕對要調好透鏡，讓你看到植物的細胞，否則這輩子就不教書了。想我教了二十二年的植物學——」他倏地打住，因為他就跟萊儂．巴利摩一樣全身顫抖了起來。他是打從心底想壓住自己的情緒；我們這一來一往已經讓他元氣大傷。

於是我們開始善用人類迄今掌握到的顯微鏡調整知識，而且每每校正完就試上一回。有那麼一次，我看到的終於不是一團烏漆抹黑或那熟悉的乳白

他就跟萊儂．巴利摩一樣全身顫抖了起來。

色混濁物質，而是一堆色彩紛綸的斑斑點點。我感到又驚又喜，也趕忙動手描繪那堆斑斑點點。老師注意到我的舉動後，便自鄰桌走了回來。他笑逐顏開，眉宇間泛著殷殷的期盼，不過，他看了我所畫的植物細胞圖之後，便質問我：「這是什麼？」從那聲音聽起來，他好像快尖叫了。「我看到的東西。」我說。「不可能，不可能，不可能！」他放聲尖叫，情緒瞬間失控，接著就彎下腰、瞇起眼湊上那台顯微鏡，再猛地把頭一抬。「那是你的眼睛！」他大喊。「你調整過的鏡片反光了！你畫的是你自己的眼睛！」

經濟學是另一堂我不喜歡，但終究能勉強過關的課。我植物學下了課就直接去上經濟學，不過這種安排對我在這兩門課的理解上可說是毫無助益。我常常會把這兩堂課搞混，但若和那位直接從物理實驗室趕來上經濟學的同學相比，我這搞混的程度恐怕也只是小巫見大巫。這位同學名叫波倫薛維茨，是我們橄欖球校隊的阻截球員。當時俄亥俄州立大學的橄欖球校隊在全國可具有數一數二的實力，而波倫薛維茨就是這隊上最耀眼的球星之一。為了取得出賽資格，他勢必得努力跟上學業，可這是一件非常困難的事情，因為這人固然不比牛笨，卻也沒聰明到哪裡去。他的教授大多對他十分寬厚，也從不吝於多拉他幾把。這麼一群教授中，又以我們的經濟學教授會在波倫薛維茨回答問題時給予最多的提示，或向他丟出最簡單易答的問題。教授叫巴薩姆，是個性格靦腆的瘦子。那天，教授講到運輸與物流的時候，恰巧又輪到波倫薛維茨回答問題了。「請舉出一種運輸工具。」教授對他說。這位魁梧的阻截球員眼神一片茫然。「任何一種運輸工具都行。」教授說，而波倫薛維茨只是坐在位子上盯著他瞧。「也就是說——」教授進一步補充。「能從甲地移動到乙地的任何媒介、工具或方式。」如今，波倫薛維茨那樣子就彷彿正被人一步步拐向陷阱的表情。「看是靠蒸汽、用馬拉，還是電力驅動的交通工具，任君選擇。」老師說。「不妨想想我們長途旅行時，經常搭乘的那種陸上交通工具。」整間教室變得鴉雀無聲，而大家就在這片靜默之中不安地躁動著，包括波倫薛維茨和巴薩姆先生。突然之間，巴薩姆先生以一種令人詫異的方式打破了這片靜默。「哺——哺哺——」他刻意壓低聲音，臉則登時通紅。他用哀求的眼神掃了全班一眼。我們當然和巴薩姆先生一樣，都希望波倫薛維茨能在這堂經濟學的課上與全班齊頭並進，畢竟跟伊利諾大學的那場比賽，亦是該賽季最艱鉅、最重要的比賽，一個禮拜之後就要開打了。「嘟嘟、嘟、嘟嗚嗚嗚——！」有個嗓音低沉的學生叫了起來，然後全班都對波倫薛維茨投以鼓勵的目光。不知誰還學了火車頭放出蒸汽的聲音，而且模仿得唯妙唯肖。

最後是巴薩姆先生自己為這場小小演出畫下完美的休止符。「叮噹、叮噹——」他滿懷期待地說。此刻的波倫薛維茨瞪著地板努力思考著；他那粗眉深鎖，一雙大手搓呀搓的，臉也漲紅了。

「波倫薛維茨先生，你今年是怎麼來學校的？」教授問道。「嘁鏘嘁鏘、嘁鏘嘁鏘。」

「我爸送我來的。」這名橄欖球校隊的一員說。

「靠的是？」巴薩姆問。

「我有零用錢。」本校的阻截球員用低沉而粗啞的嗓音回答，顯然有點難為情。

「不、不。」巴薩姆說。「我是指運輸工具。你是搭什麼來的？」

「火車。」波倫薛維茨說。

波倫薛維茨瞪著地板努力思考著。

「非常正確。」教授說道。「接下來，紐真特先生，請你告訴大家……」

假使植物學和經濟學的課叫我痛苦萬分（痛苦的原因不盡相同），那體育課就讓我生不如死了。簡直不堪回首。他們規定學生打球或進行任何運動時一律得摘下眼鏡，可我沒戴眼鏡就什麼都看不見。我曾撞上教授、單槓、農學院的學生、擺動中的鐵環。因為看不見，所以這門體育課我修是修了，卻無法真正參與其中。另外，為了拿到體育課的學分（沒過是畢不了業的），不會游泳的人還得學會游泳。我不喜歡游泳池，不喜歡游泳，也不喜歡我們的游泳老師——過了這麼多年還是不喜歡。我從未游過泳，但我的體育課還是過了：我請一個同學報出我的體育課號碼（九百七十八號），並替我游一趟泳池。這個同學就是體育課的四百七十三號，一位文靜和善的金髮青年。如果不會被抓包，他還願意幫我觀察顯微鏡，可惜這是不可能的。我不喜歡體育課的原因還有一個，那就是我們得在報到那天脫個精光。我非但得赤條條地站在眾人面前，還要被問好多問題，心情當然不會太好。儘管如此，我的表現依然強過跟前這位又高又瘦，還被人仔細盤問的農學院學生。他們會問學生念的學院，看是文學院、工程學院、商學院，或是農學院。「你念什麼？」老師凶巴巴地詰問我前面這位小夥子。「俄亥俄州立大學。」他旋即答上。

但決定開始從事新聞工作的不是這名農學院小夥子，而是酷似他的另一位農學院學生。這位學生或許是打著哪天農業一蹶不振了，自己還有報業可以指望的算盤。當然，他並沒有察覺這麼做其實就跟展開四肢，再倒向身後的木工工具箱差不了多少。哈士金斯似乎不是新聞從業人員的料，因為他個性害羞到無法與人侃侃而談，又不會用打字機，不過校刊編輯還是派他去跑牛棚、羊舍、馬廄，以及畜牧學系絕大部分的新聞。這可真的「跑很大」，因為畜牧學系的占地面積是整個文學院的五倍，立法機關撥予的專款也達文學院的十倍之多。這名農學院學生對動物瞭若指掌，可就是文筆欠佳，寫出來的報導也不引人入勝。再說，他得苦苦搜尋打字機上的每一個字母，結果一整個下午只能完成一篇文章。他偶爾還必須煩勞別人幫忙找，特別是C和L，這兩個字母最叫他沒輒了。後來校刊編輯終於受夠了這位農人兼記者，因為他的文章讀來實在味同嚼蠟。「哈士金斯，我說……」編輯有天毫不客氣地告訴他。「你為什麼就是寫不出能叫人眼睛一亮的馬廄報導呢？除了普渡大學，我們這兒的馬可是西部聯盟[1]裡最多的欸，足足有兩百匹欸——你卻從沒認真追過這條線。你現在立刻給我衝到馬棚去，去挖點有趣的東西回來。」哈士金斯便拖著沉重的腳步出去了。約莫一個鐘頭後，他又回來，並說要寫的報導已經有了著落。「唔，那就快點動手。」編輯說。「寫點大家會想看的東西唄。」哈士金斯開始幹活兒，幾個小時後便將一張打了字的紙放在桌子上。那是篇兩百字的文章，內容則關乎先前肆虐於馬群之中的某種疾病。文章開頭的那句話下得簡單，不過頗引人注目。他是這麼寫的：「有誰注意過畜牧學系大樓裡的馬頭頂生了瘡？」

俄亥俄州立大學是政府撥地興辦的學校，因此學生都必須修滿兩年的軍訓課程。我們會持舊型的春田步槍操練，也會學習南北戰爭的兵法——即使世界大戰都打起來了。每天上午十一點，成千的大一大二學生就會在校園各處就定位，然後愁眉苦臉地潛進那棟古老的化學大樓。對希洛之戰[2]那種戰役來說，我們這種訓練應該派得上用場，但那和當前的歐洲戰況八竿子打不

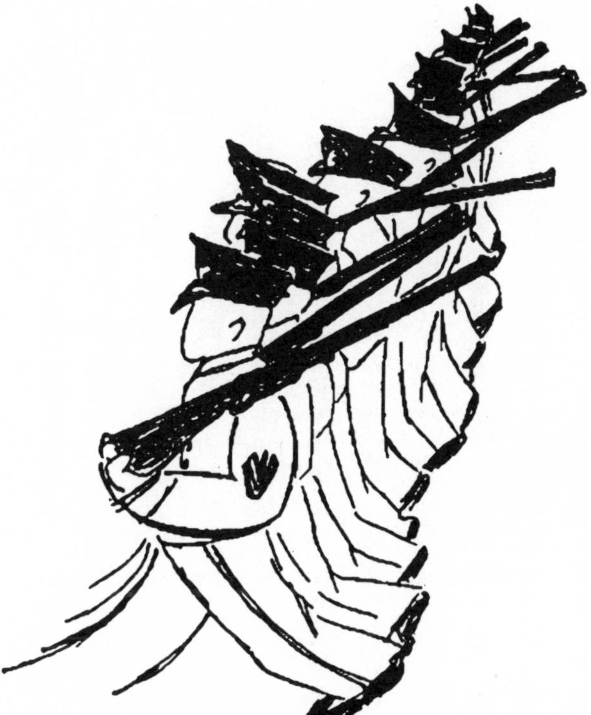

我們會持舊型的春田步槍操練。

著呀。有人認為這訓練鐵定有德國人在暗地裡塞錢策動，可是他們沒敢說出口，因為擔心自己會被當成德國奸細給押進大牢。那是個思想顛倒錯亂的時期，而那麼一個時期——我相信——正標誌著美國中西部高等教育的衰敗。

我這個小兵向來當得一點都不稱職。上軍訓課的時候，大多數的學生都是鬱鬱寡歡、形容淡漠的士兵，可我完全是另一副德性。有回我們正在做軍事操練，軍訓課的總教官利特菲爾德將軍卻冷不防出現在我面前，然後惡聲惡氣地說道：「你是這間學校最大的問題！」我想他是要說，我這類型的學生會讓校方感到非常頭痛，不過他也可能單指我一人。誠然，我在軍訓課的表現始終難如人意——也就是說，我到了大四還在上軍訓課。那個時候，我的軍訓課總時數已是西部聯盟所有學生中最長的一個了，因為我每個學期末的軍訓成績都不及格，落得年年重修的下場。我是唯一一位上了大四還在穿軍訓制服的學生。說到這軍訓制服：制服還很新的時候，我穿起來就像市際火車上的票務員；後來制服褪色了，尺寸對我來說也過緊了些，所以我穿起來就像扮演門僮的伯特・威廉斯（Bert Williams）——這無疑會重挫我的士氣。即便如此，我在以班為單位的軍訓操練表現上仍因長期的苦練，進展到差強人意的程度。

有天，利特菲爾德將軍特別從整團的士兵中叫出我們那一連，還打算接二連三地發號施令，趁著各隊伍匆忙執行口令之際把我們整得暈頭轉向：班兵向右、班兵向左、班兵向右轉成縱隊、班兵向後轉、班兵以左前方為準成縱隊等等。不出三分鐘吧，當其他一百又九個人都往同一方向走，只有我隻身朝著隊伍四十度角的方向踏步前進。「全體都有——立定！」利特菲爾德將軍高聲一喊。「只有這個人正確完成了口令！」由於這項成就，我這小兵被擢升為下士了。

第二天，利特菲爾德將軍把我叫去他的辦公室。我進辦公室的時候，他正忙著打蒼蠅。所以我沒說話，而他也不說話，我們兩個就沉默了好一陣子。我不覺得他記得我是誰或是召我前來的原因，可他就是不願承認。他繼續瞇著眼盯著蒼蠅，然後用力揮拍一掃，不知不覺又打掉了幾隻。「把外套扣起來！」他惡狠狠地說。如今回想這段往事，我能明白他當時雖然眼觀蒼蠅，卻是在對我說話。但我只是杵著不動。接著，有隻蒼蠅飛到將軍面前的一張紙上，還停在那兒搓起了後腿。將軍小心翼翼地舉起蒼蠅拍，我則心神不寧地動了動，結果那隻蒼蠅就飛走了。「你嚇到蒼蠅啦！」利特菲爾德將軍咆哮著，並用嚴厲的眼神瞪視我。我說我很抱歉。「你抱歉也無濟於事！」將軍用那冷冰冰的軍人應對邏輯削了我一句。除了提議幫忙把蒼蠅趕到他的桌邊，我還真不曉得該怎麼補救眼前的局面，可是我一語未發。他盯著窗外女學生遙遙的身影，看著她們穿過校園走向圖書館。最後，將軍說我可以離開了。我就離開了。他要麼根本不曉得我是軍訓課裡的哪名學生，不然就是忘了把我找來的原因。他說不定是想為之前把我比作「這間學校最大的問題」一事道個歉，也說不定是想嘉獎我前一天在軍訓課上的非凡表現，不過到了最後一刻，他又決定就這麼算了。我不知道。我也就這麼算了。

1. 成立於一八九六年，原包括芝加哥大學、明尼蘇達大學、伊利諾大學、密西根大學、西北大學、威斯康辛大學和普渡大學等七所學校。俄亥俄州立大學在一九一二年始加入。後更名為十大聯盟。

2. 為南北戰爭期間，於一八六二年發生在田納西西南部的慘烈戰役。

我在
徵兵委員會
的夜晚
Draft Board Nights

我在一九一八年六月離開了大學之後，便因視力的問題而無法進入軍隊——正如爺爺礙於年紀而無法投身軍旅。他老人家曾數次遞交從軍申請書，每一次也都脫下了外套，揚言要將那些嫌他太老的人全部痛抽一頓。他為無法前去德國（他不懂為何人人都往法國跑）而感到失望，加上在城裡四處奔走、拜會許多達官顯要而累積的壓力，後來終於病倒在床了。他本希望能率領整師的兵馬，而今卻連入伍當個二等兵都沒辦法，心情自然大受打擊。爺爺有位小他十五歲左右的弟弟，叫傑克；自從他臥病在床，傑克每個晚上都在床邊陪著他。這麼做是因為我們擔心他可能連件衣服都沒穿就溜出去了。爺爺很反對我們讓傑克看著他——他覺得我們這樣很無聊——不過傑克夜不成眠的情況已經持續了二十八年，他就是這守夜差事的不二人選。

到了第三晚，爺爺輾轉難眠。他會睜開眼睛看看傑克，然後再度閉上眼睛，但眉頭皺緊。傑克便開口問了他一些問題，可他一概不理。約莫凌晨四點的時候，他發現弟弟坐在床邊那張大皮椅上沉沉睡著了。傑克一旦入睡就會睡得又酣又熟，爺爺就算下了床，開始給自己穿衣、幫傑克寬衣，還將他搬到了床上，傑克也沒有醒過來。早上七點時，我芙蘿倫絲姑姑進房探視，就看到爺爺坐在那張大皮椅上讀著《U．S．格蘭特回憶錄》，傑克則躺在床上睡覺。「他守著我睡覺在先——」爺爺說。「所以現在換我守著他睡覺。」他這麼說倒也不無道理。

我們不想讓爺爺在夜間外出閒晃，原因之一便是他先前提過一兩次的想法：他回老家蘭開斯特跟「康普」反映自己的問題。這「康普」指的就是威廉．特康姆瑟．謝爾曼將軍，與爺爺同為蘭開斯特出身的男兒。爺爺

凌晨四點的時候，
他發現弟弟坐在床邊那張大皮椅上沉沉睡著了。

當然是找不到這號人物的，而這無疑會影響到他的身心健康；此外，我們也擔心他會為了前往蘭開斯特而試圖駕駛那台電動輕便車。這電動車是我們先前買給奶奶的。叫人意外的是，奶奶後來竟也駕輕就熟，能開著車在街上趴趴走。當爺爺看到奶奶坐上這怪裡怪氣的玩意兒，然後安安穩穩、輕輕鬆鬆地驅車而去，他大為驚訝，心裡也有點不是滋味。在他倆將近五十年的婚姻生涯裡，這還是她首次於用車方面將了他一軍。所以他下定決心，非得學會開這台電動輕便車不可。這位聲名卓著的年長騎手遂走向車子，彷彿他正挨近一匹野駒。他會蹙額愁眉，接著就飆起粗話。爺爺總會迅速跳上駕駛座，好像不趕緊就座的話，這車大概就要從他的胯下跑走了。他試著駕駛電動車的頭幾回，會先敏捷地轉個小圈，然後開上路邊、穿過人行道，最後衝上草坪。我們所有人都設法勸他就此作罷，無奈他的鬥志已經被點燃了。「給老子把那台破馬車弄回路上！」他會跋扈地說。我們就只好把車開回街上，好讓他再試一次。爺爺操控方向桿的方式老是百般粗野——他說要給那台電動車一點顏色瞧瞧——導致車子載著他滿場兜圈子。我們真的好難讓他明白這其中的訣竅，真的只有放輕鬆、別動怒而已。他總覺得如果沒有牢牢抓緊車子，就會被車子給甩飛出去，而一個五歲就拉著由四匹馬拖曳的麥克寇米克收割機的男人（或者說，他經常這麼告訴我們），可不打算被一台電動輕便車給甩飛出去。

我們無法說服他放棄學開電動車，只得帶他到路面較寬、行人較少的富蘭克林公園，並花上一兩個小時努力為他解釋駕馬車跟開電動車究竟有何不同。爺爺始終自顧自地碎念；他一直想著一旦坐上了駕駛座，這部機器就會，這麼說吧，對他裝聾作啞。然而數週之後，他已經進步到能直直開上一百碼左右了。不過每回轉彎，他還是會把方向桿或拉或推得太急太猛，接著就衝向了樹幹或花圃。我們一定會派人陪在他身邊，也從不讓他把車開出公園。

有天早上，奶奶正準備去市集，便打電話請車廠的人將電動輕便車送過來。對方卻說爺爺已經到他們那兒把車開走了。這下大家可有得忙啦。我們撥了通電話給威爾叔叔；待他出動那台洛奇爾汽車，我們就出發找爺爺去。那時還不到七點，幸虧路上車子還不多。我們首先前往富蘭克林公園，想說他可能會在那邊設法擊垮電動車的意志。有一兩名早起步行的路人曾看到一位高個兒的白鬍老先生駕著一輛小型的電動車，而且一路罵罵咧咧的。我們順著一條彎彎拐拐的林間小道開去，總算在離雪波鎮約莫四哩的尼爾森路發現這一車一老。當時爺爺就站在路上大吼大叫，電動車的

這下大家可有得忙啦。

後輪則讓柵欄上的帶刺鐵絲網牢牢纏住了。現場有兩個工匠和一名僱農正嘗試解開鐵絲網。爺爺對著電動輕便車大發脾氣。「這×××的竟敢不聽我指揮，自己往後倒車！」他這麼告訴我們。

還是回到那場戰爭吧。哥倫布市的徵兵委員會從未徵召爺爺入伍。這些人運氣不錯，因為這麼一來，他們就不會被迫將爺爺編入軍隊了。聽說有幾位八、九十歲的老翁曾收到委員會搞混而誤發的徵集令，但是不知何故，他們就是漏掉了爺爺。他日日等待通知，通知卻遲遲未到。我的情況就不同了。我幾乎週週收到通知，即便第一次去做體檢的時候就被當場刷掉，當不了兵。要麼是他們打死不信那就是我本人，要麼就是資料出現了文書上的紕漏，而且始終沒能更正過來——反正我通常會在禮拜一收到要我於該週的禮拜三晚間九點，至紀念堂二樓報到體檢的信件。我去第二趟的時候，就試圖向其中一位醫生說明自己已經被刷掉了。「在我看來，你不過是一團黑影。」摘下眼鏡的我如是說道。「在我眼裡，你什麼也不是。」醫生則厲聲回嗆。

我每次都得脱個精光，跟許許多多的挑夫、銀行總裁的公子、職員、詩人一起繞著大廳緩慢地行進。那些醫生會檢查我們的心肺，再來是雙腳，再來才是眼睛。視力檢測總是被擱到最後才做。而終於輪到我時，眼科專家又總會這麼告訴我：「哎呀，你視力這麼差，當不了兵吶！」「我知道。」我便如此回答。然後，過了一兩週，我又會收到委員會發來的通知，又得將這繁瑣冗長的流程再跑一遍。記得我第九還是第十次報到時，恰巧拾起了放在桌上的一組聽診器，接著就忽然意識到自己不僅沒跟那些被徵召而來的人排排站好，還置身負責體檢的醫生行列之中。「醫生好。」某位受檢者對我點頭致意。「你好。」我說。這一幕，毋庸置疑，乃發生在我脫光衣服之前。或許就算我從頭到腳都光溜溜的，也有辦法蒙混過去吧，不過這種事很難說。我被安排到——不如說我糊裡糊塗就進了胸肺檢測那一區，也就開始逐一為面前的男子做檢查，也因此分攤了芮吉韋醫生一半的工作量。「有你在真是太好了，醫生。」他說。

凡是來到我面前的人大多都能過我這一關，但為了保險起見，我偶爾還是會刷掉一位。我會先讓對方屏住呼吸，然後請他唸「咪、咪、咪、咪」——直到我發現芮吉韋醫生正不解地看著我。我注意到他只會要求對方簡單「啊」一聲，有時甚至不會要對方出聲。後來，我碰上這位吞了一只手錶（經查證後屬實）的人。他想讓醫生相信這副身體已經出了毛病（逃避兵役的男人會使出吞釘子、吞髮夾、吞墨水等常見的伎倆）。由於我不曉得使用聽診器時理當聽到怎樣的聲音，那手錶滴滴答答的聲響一開始並沒有嚇到我。不過，我還是決定與芮吉韋醫生商討一番，畢竟之前的人都不會滴答作響。「這個人好像會滴答滴答響欸。」我告訴他。他驚愕地看著我，但是未發一語。接下來，芮吉韋醫生先是捶了捶那個男的，再將耳朵貼到他的胸膛，最後才用聽診器一聽。「壯得跟頭牛似的。」他說。「往下面聽聽看。」我跟他說。那個男的則比了比自己的肚子。芮吉韋用輕蔑且憤慨的眼神看了他一眼。「那是歸專看腹部的人負責的。」他說完掉頭就走。幾分鐘後，輪到布萊斯．巴洛米醫生為這個男的做檢查。他用聽診器聽了一會兒，但眼睛連眨都沒眨一下；那嚴肅的表情上毫無變化。「老兄，你吞了只手錶呀。」他話說得非常乾脆。該名收到徵集令的男子頓時覺得尷尬又沒了主意，臉都漲紅了。「我幹嘛故意這麼做？」他問。「這

專看腹部的人正在操煩……

我就不知道了。」醫生告訴他，然後繼續做他的檢查。

我在徵兵委員會服務了差不多四個月的時間。只要通知還會送來，我人就不能離開哥倫布市。而只要我繼續待在這裡，繼續按時報到做體檢，我就覺得嚴格說來，自己並沒有逃避兵役之嫌——即便我所謂的做體檢是幫別人做體檢。我白天是一家遊樂園的公關；遊樂園的經理個頭很高，年紀倒出乎意料地小。他叫拜倫．蘭迪斯，幾年前曾為了惡作劇，就把州議會大廈附屬建築裡的男士休息廳給炸了。他喜歡朝睡夢中的人潑上一整桶的水，有次還差點被捕。後來他用自製的降落傘從哥倫布運輸公司的樓頂往下跳，才勉強逃過一劫。

有天早上，他問我要不要坐坐新的「紅色龍捲風」。那是會大起大落，而且起伏還不少的雲霄飛車。我不想坐，但我更不想讓他覺得我是不敢坐，只好硬著頭皮答應了。當時大約十點鐘，園裡只有器材維修師傅、服務人員，以及穿著襯衫的特許經銷商。我們爬進雲霄飛車其中一輛很像貢多拉船的長型車子，接著，我還在環顧四周，看誰會來操作機器的時候，這車就動了起來。我發現那操作機器的人正是蘭迪斯，但要下車也為時已晚——我們已經開始爬呀爬，嘎哩嘎嗟地爬上第一道陡峭的斜坡，然後便以每小時八十哩的速度俯衝而下。「原來你還會開雲霄飛車呀！」我在飛車彈上彎達六十度的弧形軌道後，又旋即劃著圓圈飛快地衝往空中時對這位同伴引吭高喊。「我也是現在才發現！」他回喊一句。我們轟隆隆地開進黑漆漆的「黑山洞」，出了山洞又接上「孟納漢大跳躍」（名稱源於這部分的工程即將收尾之時，有個叫孟納漢的維修師傅猛地發現前後各有一輛試運中的飛車朝自己衝來，因而不得不往下一跳），一路上的聲響、迎面而來的風嘯都大得驚人。這趟紅色龍捲風初體驗終究是安然結束了，卻留予我永難磨滅的印象，要說我的人生因此變得多彩多姿也絕不為過。拜此經驗所賜，我開始會在睡夢中大吼大叫，也開始拒乘高架火車，坐別人的車時會一再猛拉手煞車，剛躺平的時候會覺得自己就像在空中飛翔的鳥兒，還過了幾個月一吃就吐的生活。

我上徵兵委員會的最後幾次，都是以原本可能成為役男的身分報到的。幫人做體檢那一套我已經膩了。那些和我長期共事的醫生沒一個能認出我來，就是芮吉韋醫生也一樣。記得他最後一次幫我檢查胸腔的時候，我就問他有沒有醫生來幫過他的忙。他說有。「是不是跟我長得有點像？」我問。芮吉韋醫生瞧了瞧我。「我看是沒有。」他說。「他比較高。」（他幫我做檢查的時候，我有脫鞋。）「挺不錯的肺科醫生。」芮吉韋補充道。「他是你親戚？」我說是。接著，他便讓我去找昆姆比醫生，也就是給我檢查過十二還十五次眼睛的那位專家。他要我做一些簡單的視力測驗。「以你這種視力是進不了軍隊的。」他說。「我知道。」我告訴他。

有個早晨稍晚的時候，沒多久前才做完最後一次體檢的我被又是鐘聲、又是汽笛聲的噪音給吵醒。那噪音越來越強、持續得越來越久，也越來越亂。停戰了。

後記

我隻字未提自己在中年經歷過的那些苦日子，就讓一九一八年敲響的鐘聲伴著虛偽的諾言，為一連串特別的故事作結。隨著韶光荏苒，自傳作家心中那些不欲人知的舊事也會失去尖銳的稜角——人不會在早上醒來時，因為猛地想起十五或二十年前碰上的某樁爛事，便拿枕頭捂住自己的頭，不過去年和前年經歷過的種種混亂與驚慌依然歷歷在目，就讓人很難寬解釋懷了。等到人不會再為了蓋過那些跌跌撞撞、摸黑前進的回憶而大聲地自言自語，才有辦法靜下心來一一檢視自己的苦難、仔細釐清事件的次序，也才有辦法心平氣定、毫不偏頗地呈現事情真實的一面。就拿我到詹姆斯・史坦利先生位於紐約綠湖的住宅拜訪時，從槍械室摔出去一事來說好了。儘管這事發生在一九二五年，即〈馬、馬、馬〉（Horses, Horses, Horses）和〈瓦倫西亞〉（Valencia）唱片相繼問世的歹年，對我而言卻是非常近期的事，還不容我平心靜氣地道出細節。據我所知，現在要是有人打開了我在那晚打開的門，門外是有露台供人移動腳步的，可惜當時沒有。

都三十幾歲的人了，還會搞錯出口入口——這讓我好幾次都萌生到南海一帶流浪終老的念頭，就學康拉德筆下的人物沉默寡言、神祕莫測地度過餘生吧。可我無法這麼做，因為我三不五時就得向我的眼科醫師和牙醫報到。每隔幾個月就從新加坡跑回來更換鏡片的人，其志在流浪的心情是不可能始終如一的。再說，即便我坐在這熱帶小咖啡店的戶外區，並且頭戴遮陽帽、雙眼直視著前方，還不時動一動下巴，我這仿牛角邊框的眼鏡和我亥俄州口音還是會洩漏我的身分。這是我在某年夏天到西印度群島，正打算流浪一番的時候發現的。當時跟在我身後的並非男人竊竊的低語、女人瞥來的視線，而是珠飾販子和當地兜售明信片的婦女。也沒有一個皮膚黝黑的女孩會恰似電影《蠻荒妖婦》（White Cargo）中的唐蒂麗歐朝我走來，提議作伙當個天涯淪落人。她們只想向我推銷籃子。

而人在上述情況之下是神祕莫測不起來的。那麼，既然是個不神祕莫測的流浪漢，就算回到哥倫布市的布羅德街和大街、坐進那間「巴爾的摩午飯館」（Baltimore Dairy Lunch）也無傷大雅了吧。我們哥倫布市從沒出過任何承襲康拉德精神的頂尖流浪漢，倒是有些人非常擅長搞失蹤，過了幾天才會現身於路易斯維爾的某間飯店，而且頭痛欲裂，完全記不得自己是怎麼到飯店的。不過這些人總會奔回老婆的身邊，然後胡亂編個說法交差了事：看是要說自己失去了記憶，還是跑去參加老鷹兄弟會的年度大會了。

當然，逃不了的，即便康拉德筆下的吉姆爺也逃不了。那團特有的狼狽感就彷彿小狗一般如影隨形，任人

她們只想向我推銷籃子。

搭什麼船、進入什麼蠻荒之地都甩不掉。無論是在出門上班、下班回家的路上，抑或由自宅往返別人風平浪靜的寧謐住所時，日常生活中的小小危機隨時都會一撲而來，就是假道於計畫之外的拐彎、突發奇想的轉向也無處可躲。記得我在馬提尼克島時，曾有那麼一段瘋狂而愉快，儘管十分短暫的片刻：我聽著提醒遊客返回船上的汽笛聲，忽然決定不回去了。不過我到底是上船了。上船之後便發現自

路易斯維爾的某間飯店。

己那套晚禮服的長褲不曉得被誰摸走了。

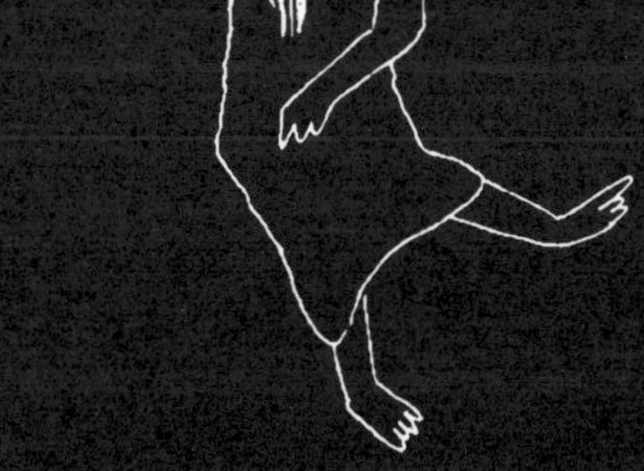

永遠不退流行的大幽默家

談瑟伯《想我苦哈哈的一生》的幽默書寫

淡江大學英文學系 蔡振興 教授

大幽默家的養成

瑟伯（James Thurber）於一八九四年十二月八日出生在美國俄亥俄州的哥倫布市，一九六一年十一月四日死於腦栓塞，享年六十七歲。華文讀者對瑟伯或許感到陌生，其實他是全美知名的小說家、散文家和漫畫家。他的發跡與《紐約客》有關，他的貴人就是名作家懷特（E. B. White）。瑟伯於一九二七年二月遇見懷特，懷特隨即就把他介紹給當時的《紐約客》主編羅斯（Harold Ross），瑟伯就此與《紐約客》結下不解之緣，其作品也深獲現代主義作家海明威、艾略特（T. S. Eliot）、葩克（Dorothy Parker）等人的喜愛。

《生活》（Life）雜誌稱他是「美國最令人不安卻非常有趣的幽默作家」。早在一九五一年七月二日，《時代》雜誌更將瑟伯遴選為封面人物，肯定這位作家在文學上的成就。二零一三年，由班史提勒自導自演的好萊塢電影《白日夢冒險王》，就是改編自瑟伯一九三九年的同名小説，這也説明了瑟伯的作品與我們十分接近，提供了質量俱佳的幽默閱讀體驗。

瑟伯的母親瑪麗（Mary Fisher）是一位天生的喜劇演員。父親查爾斯

（Charles L. Thurber）在一八八四年認識了瑪莉，那年他十七歲，經過八年書信往來和約會，查爾斯終於抱得美人歸，於一八九二年在距離女方家不遠處的一座教堂舉辦婚禮。婚後，兩人育有三兄弟：老大威廉（William）、老二詹姆斯（James）、老三羅伯特（Robert）。

很不幸的是，一九零一年夏天的一個星期天下午，哥哥威廉在玩射蘋果遊戲時，不小心將六歲的小詹姆斯左眼射瞎。這個遊戲被批評家比喻為「威廉泰爾的考驗」（The Trial of William Tell）。據說泰爾是一個獵人，由於哈布斯堡王朝（Habsburg Austria）的暴君葛斯勒（Gessler）在中央廣場立了一根柱子，上面掛著皇家帽子，規定居民經過時必須向帽子敬禮，違者將受到處罰。有一天，泰爾經過廣場時，因未向帽子敬禮而被捕。為了處罰泰爾，葛斯勒要泰爾射中放在自己兒子頭上的蘋果，才願意釋放他們。

泰爾成功地射中蘋果，但哥哥威廉自製的箭頭沒能射中蘋果，反而射傷詹姆斯的左眼。右眼後來也因交感性眼炎（sympathetic ophthalmia），「一種合併肉芽腫的葡萄膜炎，使得一隻眼睛因為手術或者意外而創傷之後，造成對側眼睛也出現發炎的情況」，從此詹姆斯的右眼便蒙上「一層陰影」，一九四五年以後，瑟伯的視力變差，幾近全盲。這對他的工作和創作，帶來極大的不便。

噢，幽默、幽默、幽默！

文學上，瑟伯被喻為「幽默大師」。其實，「幽默」一詞是英文 humor 的譯音，這個字的原始意義來自古希臘。根據古希臘醫學之父希波克拉底

（Hippocrates）的描述，人的脾氣和個性與身體的四種體液（humors）有關，包括血（blood）、粘液（phlegm）、黃膽汁（yellow bile）和黑膽汁（black bile）。人的樂觀、冷淡、暴躁、憂鬱等四種個性就是這四種體液的表徵。儘管希波克拉底努力區分醫藥與迷信，他仍相信這四種體液若是分泌不平衡，將會導致身體疾病的發生。到了中世紀，人的內在個性與外在自然中的土（earth）、空氣（air）、火（fire）和水（water）相互呼應，因為人性（human nature）和大自然（Nature）中的熱（hot）、寒（cold）、濕（moist）、乾（dry）是相通的。例如，有黃疸的人屬於燥熱（hot and dry）；憂鬱的人是黑膽太多，屬於燥冷（dry and cold）。著名的丹麥王子哈姆雷特（Hamlet）的「古怪脾氣」（antic disposition）則是「憂鬱」的徵候。因此，今天我們常講的幽默感（sense of humor）其實主要是針對這些不同個性的深描所產生出來的喜感。

幽默感是一種「情動力」（affect）的表現。表面上，幽默感似乎只為搏君一笑。然而，幽默感有其內在邏輯：透過某種看似「不連續」的類／對比去傳達更深刻的文學內涵。瑟伯的幽默感異於十九和二十世紀的美國作家，如華盛頓歐文（Washington Irving）的《李伯大夢》（Rip Van Winkle）或馬克吐溫的《哈克歷險記》（The Adventures of Huckleberry Finn），後兩者對大時代的不同社會階級差異有所批判，然而，誠如布雷克（Stephen A. Black）所言，瑟伯對過去和現在的階級差異或尋找美國夢的描寫不感興趣；他非但對過去不會生氣，也不對未來感到憂心忡忡。再者，瑟伯筆下的小說人物絕非代表著大時代的英雄，或具有救國淑世抱負的理想人物，而是一般普通的老百姓。別的小說家或許偏好描述成功的個人，或對處於動亂中的大時代故事特別有興趣，但在《想我苦哈哈的一生》一書中，瑟伯所要帶給讀者的，並不是引領讀者瞭解《時代》雜誌中的世界大事。誠如作者在序中所言，他所要傳達的只不過是「作家的人生遭逢」而已。

儘管作品中的背景約略為第一次世界大戰期間，他對國際局勢或戰爭僅止於輕描淡寫，並未對大時代為小人物所帶來的種種苦難作出尖銳的批判。在〈我在徵兵委員會的夜晚〉，敍述者說他因視力問題而無法從軍。文末，他寫道：「有個早晨稍晚的時候，沒多久前才做完最後一次體檢的我被又是鐘聲、又是汽笛聲的噪音給吵醒。那噪音越來越強、持續得越來越久，也越來越亂。停戰了。」這一句話說明第一次世界大戰於一九一八年十一月十一日早上十一點整結束，而「停戰了」這一句話也為這個故事畫下完美的結局。

瑟伯的幽默寫作分析

小說的場景是美國俄亥俄州的哥倫布市，主要人物乃是敍述者一家人，包括爺爺、姑姑、父親、母親、傭人和敍述者等人的生命書寫。小說中，敍述者有三兄弟：老大荷曼、敍述者詹姆斯、老三洛伊，但這三兄弟的名字不是作者家裡的三兄弟（威廉、詹姆斯和羅伯特）。即便如此，瑟伯《想我苦哈哈的一生》一書還是充滿濃濃的自傳色彩。在創作時，瑟伯認為他的幽默感主要有四種類別：一、潛意識的神經質；二、難以收拾的偶發事件；三、一連串的錯誤事件；四、刻意安排的效／笑果。因此，我們可以透過這四種視角來分析瑟伯的幽默書寫：

潛意識的神經質

〈床塌之夜〉描繪敍述者一家人因為父親突然想在閣樓睡覺，再加上敍述者的表哥貝爾剛好來家裡作客所發生的一連串事件。根據作者的綜述，這個家的成員頗具「特異性」（singularity）：貝爾深怕睡覺時會忽然斷氣，所以每隔一個小時都會醒來一次以確定自己還活著；敍述者的阿姨梅莉莎害怕會死在南大街上；舅媽則每天晚上害怕會有小偷進來，因此每天晚上都把值錢的東西準備妥適，好讓小偷自行取用。人物安排妥當，接著便透過一連串「誤認」（misrecognition）和「誤解」（miscommunication），讓小說中所有睡覺的人都被吵醒，並展開一段荒謬爆笑的情節。

在〈不推不動的車〉中，敍述者回憶二十五年前一部車齡二十年的老爺車被電車撞壞的故事。有趣的是，作者運用「自由聯想」的離題技巧，把不相關的角色用「風險」和「危險」的主題串連在一起。故事中老爺車隨時有熄火的風險；而敍述者的母親杞人憂天，害怕家裡的留聲機可能有爆炸的危險，她也同時害怕漏電的危險，「電在無形之中，正一點一點滴進屋子的每一個角落。只要牆上的開關沒關，她就認定電會從沒插插頭的插座裡漏出來」。這個故事讓讀者對敍述者的母親的個性有更進一步的了解：整體而言，她無法區別風險（可以事先評估災害或傷害）和危險（臨即性且不可逆的災難或傷亡）。這種認知上的差距能讓讀者不自主地莞爾一笑。

難以收拾的偶發事件

〈大壩潰堤了〉是無中生有的「末世論」（apocalypse）最佳寫照。

一九一三年三月十三日，鎮上有人謠傳俄亥俄州的賽奧托河（the Scioto）的大壩潰堤了，約有兩千名市民因此紛紛加入一場歇斯底里的逃難潮。敍述者的爺爺再次誤以為這些人因為打仗敗北而撤退，不想當逃兵的他不肯配合逃離，家人只好用燙衣板把爺爺打昏，然後加入市民的逃難潮。事實上，這場歷史上的大逃難源於一場誤會，只聽到有人說：「大壩潰提了，往東走！往東走！」儘管當時的民兵拿著擴大器對逃難的群眾大聲疾呼：「大壩沒潰提！」但是驚慌的群眾不但不相信，內心反而更加恐懼。這場千人大撤退在倒數第二段真相大白後，嘎然而止，最後一段雲淡風輕的描寫，反而呈現出巨大的反差與傳奇色彩，同時幽了內文中外表長的有點像英國詩人布朗寧（Robert Browning）的名醫梅樂里一默，是很高明的回馬槍。

〈鬧鬼夜〉發生在一九一五年十一月十八日凌晨一點十五分左右。當敍述者沐浴後，忽然聽到有男人繞著樓下的餐桌快步行走，懷疑「家裡有鬼」，後來兄弟倆又聽到腳步聲，於是哥哥衝回房間，敍述者則「猛然甩上樓梯口的門，還用膝蓋頂住門面」。老媽先是聽到甩門聲而感到納悶，隨後又聽到腳步聲，於是二話不說，立馬拉開臥室的窗戶，俯身拾起一只鞋子逕往鄰居臥室窗戶一扔，打破鄰居玻璃，在鄰居報警後，騷亂依舊未息：敍事者的爺爺剛好醒來，以為現在正值是南北戰爭期間，不但把警察誤是米德將軍的逃兵，甚至開槍誤傷了警察。

〈夜半又驚魂〉則是羅伊和詹姆斯兩兄弟晚上因睡不著而去吵老爸的故事。有一天羅伊因輕微發燒而在床上躺了一整天。到了凌晨三點左右，因為睡不著，羅伊就跑去老爸的房間搖他、嚇他，並說：「巴克，你的大限已至！」半年後，敍述者也因想不出幾個紐澤西的城鎮而睡不著，於是像弟弟一樣，也在凌晨三點左右去鬧老爸。在瑟伯巧手安排下，單純的惡作劇一路演變成全武行，父子最後大打出手。幸虧母親出來勸架，才結束這場鬧劇。

刻意安排的效／笑果

敍述者在〈傭人小記〉回憶家裡曾聘請一百六十二位幫傭，並將其中較有印象的幫傭做有趣的介紹。在瑟伯刻意安排之下，每一位傭人不僅個性十足，也有不同的瘋狂小事：生性害羞的朵拉，會在晚上朝房間裡的男人開槍；臉色紅潤的葛緹是個酒鬼，半夜喝茫了吵醒大家就說自己在幫主人撢灰塵；歡艾瑪（這名字本身也是刻意安排的笑點）容易被催眠；長相標緻的華西蒂，總有辦法找回敍述者母親的失物；彗星般來到敍述者的家，又像彗星般離開的杜迪太太；說起話來咬字不清，有著濃重黑人口音的羅伯森太太，茲因一件小事情——即暖爐後方傳出怪聲到底是蟋蟀（cricket）還是報死蟲（uh death watch）——而與敍述者的父親嘔氣，最後辭職；默默工作的艾妲，效率極佳，但壓抑太久竟然暴走了……。

〈愛咬人的狗〉是毛小孩瑪格斯的故事，令人想到一樣由班史提勒主演的誇張喜劇《哈啦瑪莉》（There's Something About Mary）中，他與一隻看似無害可愛實則兇猛無比的小小狗所上演的激烈對決場景。瑪格斯喜歡咬人，害敍述者的母親每逢過年，都要送禮物給被咬過的鄰居。瑪格斯什麼都咬，就是不敢咬敍述者的母親和老鼠。瑪格斯天不怕地不怕，就怕雷電交加的暴風雨，正是所謂的「惡狗無膽」。正因瑪格斯會咬人，許多人想辦法想對付牠，曾經想把牠毒死，卻功虧一簣，呈現出黑色喜劇的況味。

瑪格斯死後，敍述者在木板上用拉丁文刻下墓誌銘 Cave Canem（當心惡犬），也算是最好的紀念了。

一連串的錯誤事件

〈追想大學時〉和〈我在徵兵委員會的夜晚〉則是以敍述者本身的眼疾作為起點，描述自己在大學課堂生活，以及在兵役體檢中心所發生的趣事（或悲劇）。眼疾本身使敍述者在特定環境中顯得格格不入，在〈追想大學時〉中，植物學老師想讓敍述者「看到植物的細胞，否則這輩子就不教書了」，但礙於敍述者的視力問題和態度（「不管怎麼説，這種觀察方式都有損於花的美感」），植物學老師的努力終告失敗。上軍訓課時，他也是唯一一位上了大四還在穿軍訓制服的學生。整體而言，瑟伯以眼疾出發，帶出一般個人在教育環境中的問題：植物學和經濟學的兩門課讓敘述者「痛苦萬分」，體育課讓敘述者「生不如死」，而軍訓課讓他知道自己是「這間學校最大的問題」。

〈我在徵兵委員會的夜晚〉描述敘述者一九一八年六月離開了大學之後，因兵役問題而到體檢中心報到。故事前半部說明爺爺年紀一大把了還想為國服務，但就是收不到徵集令。相反的，敘述者儘管視力有問題，不用當兵，卻因行政上一連串的疏失，不斷收到體檢中心的複檢通知單，就算告訴醫生自己早已被刷掉，也沒人相信。因視力受損之故，敘述者告訴醫生，在他眼中他「不過是一團黑影」（You're just a blur to me），然而，醫生會錯意，則回嗆說道：「在我眼裡，你什麼也不是。」（You're absolutely nothing to me）一語雙關的高段幽默，立刻讓擾民悲劇成為最佳喜劇素材，後來，敘述者甚至因為碰巧拾起桌上聽診器，突然被當成負責體檢的醫生，還一連服務了四個月。除了荒謬，還是荒謬。最後，隨著第一次世界大戰的結束，他的兵役問題才總算自動消失了。

我們不難發現瑟伯喜歡製造故事的效／笑果。在他的手上，每一篇故事都將一系列的事件堆疊到一定的混亂程度，最後劇情直轉急下，嘎然而止，（新）秩序於焉誕生。這種寫作方式就是「瑟伯氏幽默感」的最佳實踐：幽默感是一種「情緒上的混沌狀態」（an emotional chaos）。

儘管過世近六十年，瑟伯的作品依舊為這個世界帶來不少笑聲與深刻的思考。義大利哲學家阿岡本（Giorgio Agamben）說，凡是可以提供我們思想泉源的作家就可以被視為「我們的當代人」（our contemporaries）。因此，我們可以這麼說：儘管年代有點久遠，瑟伯依然是「我們的當代人」，是永遠不退流行的「大幽默家」。

國家圖書館出版品預行編目 (CIP) 資料

想我苦哈哈的一生 / 詹姆斯 . 瑟伯 (James Thurber) 作 ; 陳婉容譯 . -- 初版 . -- 桃園市 : 逗點文創結社 , 2016.05

240 面 ; 12.8×19 公分

譯自 : My life and hard times

ISBN 978-986-92786-0-7(平裝)

874.57　　105000826

言寺 42

想我苦哈哈的一生 My Life and Hard Times

作者：詹姆斯．瑟伯（James Thurber）

插圖：詹姆斯．瑟伯（James Thurber）

譯者：陳婉容

總編輯：陳夏民

執行編輯：陳夏民

書籍設計：小子

出版：逗點文創結社

地址：330 桃園市中央街 11 巷 4-1 號

官方網站：www.commabooks.com.tw

電話：03-3359366

傳真：03-3359303

總經銷：知己圖書股份有限公司

台北公司：台北市 106 大安區辛亥路一段 30 號 9 樓

電話：02-23672044

傳真：02-23635741

台中公司：台中市 407 工業區 30 路 1 號

電話：04-23595819

傳真：04-23595493

印刷：通南彩色印刷有限公司

ISBN： 978-986-92786-0-7

定價：300 元

初版一刷：2016 年 5 月

BONUS FEATURES

詹姆斯・瑟伯的私密生活

關於薩爾瓦多・達利的《薩爾瓦多・達利的祕密生活》，我只是隨意翻閱，這裡那裡跳著看（包括薩爾瓦多・達利的畫作和照片），畢竟飽受我艾比蓋兒姨婆稱作「恆久性七上八下」症頭折磨之人，讀這麼一本自傳作品時就該宛如蜻蜓點水，特別當此人正處於那些鬱鬱寡歡的時期。

而要是一個不經意，就翻到足以窺見這本自傳的全貌和特色的內容，這蜻蜓還得跳得更遠一點：年輕的追夢人幻想能咬咬病懨懨的蝙蝠或親親死馬；纖瘦小夥子就在終有一天能嚐嚐烤熟卻一息尚存的火雞，這股股殷渴盼之下步入了成年；咨嗟歎息的愛人在身上塗滿山羊糞和肉凍，期許自己能因此散發出公羊那純正而高貴的體味。我在這趟一跳再跳的達利旅途中，還瞥見這名偉人其他的風采：薩爾瓦多崇拜自懸鈴木上掉落的種球；薩爾瓦多把他丁點兒大的玩伴踹下橋；薩爾瓦多愛撫拐杖；薩爾瓦多用皮帶製的褥墊拍打棒，砸破了老邁家庭醫師的眼鏡。世界之大，似乎只有兩樣東西能令他生厭作嘔（而我指的並非一隻死去多時的刺蝟）。他完全見不得骸骨或蚱蜢。嗯，只能說一種米養百種人吧。

拜達利先生的自傳之賜，我開始反省自照。我意識到自己刮臉的時候，嘴巴也會碎唸個幾句。前往郵局時，我曾二度將拐杖朝著鄰家小女孩的身上揮。達利先生的書一本要價六塊美金，在下出版的個人經歷（由哈潑兄弟出版社於一九三三年印行）則值一塊七五。我當時稍稍抱怨了一下這不甚尋常的數字，主要是說這樣只比同月出版的《刺蝟霍瑞斯歷險記》（The Adventures of Horace the Hedgehog）單本批發價貴個五角而已。出版社那邊則向我解釋，該數字其實非常逼近縱向價格，也就是他們斟酌了橫向因子的收益遞減效應之後，以所能達到的獲利上限為基準預算出來的理想價格。

在那個年代，所有公司行號的領導人無不採用一種語帶保留、模稜兩可的辭令，說起話來的語調通常也是低沉而含糊，因為沒人知道接下來即將要出什麼事，也沒人搞得懂迄今都出了哪些事。大型企業早被一連串清楚顯示人類文明不僅日益衰敗，更面臨徹底崩潰之迫切危機的經濟現象嚇退了。造成的結果呢，就是我得接受那一塊七五的價格，繼而接受目前世上的書價，還得視國際情勢統一而定的想法。然而現在，國際情勢比一九三三年還要嚴峻十倍的現在，達利的出版社倒是為他這本傳記作品打上六塊美金的定價。

這就讓我導出一項必然的結論：在文學這塊領域裡，統一定價原則並非放諸四海皆準，而是因人而異的。問題就在於——非常簡單——我對家裡發生的事著墨太多，對自己的內心世界又寫得太少。

就讓我率先承認，若要拿我個人赤裸裸的真相跟薩爾瓦多．達利赤裸裸的真相相較，那就好比擱置在閣樓裡的舊烏克麗麗之於掛在樹上的大鋼琴，而且是長了乳房的大鋼琴。達利先生從起跑的時候就贏過我了。他記得在子宮裡是什麼感覺，也鉅細靡遺描繪出那種感覺。我最早的記憶是陪老爸到俄亥俄州的哥倫布市投票所；他去投威廉．麥金利（William McKinley）一票。

那投票所是間外觀單調，還有點破舊的輪上錫皮小棚屋，屋裡則滿是狂笑不止的男人和雪茄煙；總而言之，就是與薩爾瓦多．達利最初記憶中那天堂似的胎盤場景相差十萬八千里的所在。一個胖嘟嘟又樂呵呵的男人把我抱到他膝上顛弄著，並告訴我再過不久，我就會長到能給威廉·詹寧斯·布萊恩（William Jennings Bryan）投下反對票的年紀。我本以為他是說一旦老爸投完了票，就輪到我把一張摺起來的紙丟進那個加了掛鎖的箱子口。而當事實證明一切非我所想，我就被抱出了那個地方。我在老爸的懷抱裡又踢又叫，在這奮力掙脫的過程中還三番兩次撞掉了他的圓頂高帽。我對這頂帽子並沒有薩爾瓦多邂逅絕大多數的物品時，那種愛不忍釋、內心激動莫名的反應；我在想，倘若那天能從頭來過，我大概也沒辦法對那頂帽子產生一股濃烈而且悖於常理的好感——即便是本著我現在終於知道的奇異奉獻精神。在我的記憶裡，這圓頂高帽始終是頂非常滑稽的帽子，那過大的帽頂讓老爸看上去就彷彿一個疲憊不堪、神經兮兮，儘管心不甘情不願，還是被拱上人前玩起打啞謎猜字遊戲的士紳。

我們當時住在冠軍大道上，那投票所則位於蒙德街。我在寫下這兩個地名的同時，也開始察覺出嬰幼兒時期的我和嬰幼兒時期的薩爾瓦多之間存在著根本而至關重大的差異。我們的生長環境便可說明這其中的差異。薩爾瓦多在西班牙，在那洋溢著漢尼拔、艾爾・葛雷柯（El Greco）和塞凡提斯傳奇色彩的國度裡長大。我在俄亥俄州，一個充斥著考克西大軍[1]、反酒吧沙龍聯盟[2]和威廉・霍華・泰夫特[3]等傳統氣息的地區成人。想必那些帶有異地風情的悠遠之風就自然而然吹進了小薩爾瓦多的靈魂，讓他的心在更為奇幻的薄霧中接受薰陶——反觀我這靈魂裡的天候，就尋常了點啊。不過呢，我為自己平庸早年低泣賠不是的行徑就到此為止吧。讓我們姑且將就一下，回到我那私密生活的主題好了，也再花點時間簡單聊聊達利先生的其他事蹟。

薩爾瓦多．達利腦海中浮現出半虛幻、半真實的兒時回憶；有的時候，真實世界的邊際比夢境的疆界還來得曖昧不明。不知怎麼的，他似乎發現只要這麼做，就能與哈里．史賓塞、查理．鐸克斯、I．芬恩伯格、J．J．麥克南博、威里．福克納、赫比．胡佛，還有我分道揚鑣了。小薩爾瓦多擁有，而我們這些小孩所沒有的，是能供他對潔淨、對傳統、對舒適發起狂暴的小小反叛，那完美的地景、人物與服飾。他朝頭髮噴香水（這在紐澤西的貝永或是俄亥俄揚斯敦之類的地方可是會丟人命的舉動），豢養一隻長了兩條尾巴的蜥蜴，鞋子上縫了銀扣子，還認識——或幻想自己認識——兩個分別名為嘉璐琪卡和杜姬塔的女孩。因此，他一出生就已經走在通往妄想症的路上，柔軟的普瓦畋[4]即是他的禱詞，惹人憐愛的奧茲大地則是他的供品，而杜頭——若用各位較能理解的表達方式來說——就是他心之所嚮。反正在一個於 F & R Lazarus & Co. 這間百貨公司買下價值十二塊美金的西裝、用象牙牌香皂洗頭、豢養一隻只有一條尾巴的牛頭㹴，並和分別叫做伊爾瑪、貝蒂、璐比的女孩玩（就以規規矩矩，外加一點羞怯的姿態）的少年加土生土長的俄亥俄哥倫布市市民的眼裡，以上大致就是小薩爾瓦多所具備的形象。

年少時期的達利還有一個凌駕於我的優勢：從妄想症推動力的角度來看，棲存在他真實世界裡那些大人的本質。達利的故鄉費戈拉斯住著一個姓「皮裘特」（Pitchot）的藝術家族（裡頭不乏音樂家、畫家、詩人），而皮裘特一家上上下下都對這麼一位 enfant terrible[5] 踏上的道路崇拜不已。要是他們之中有人撞見他正從一塊高聳的岩石往下跳——即是我們這位偶像最熱愛的消遣活動——或是呈現出吊著雙腳，頭則浸在一桶水裡的姿勢，那麼接下來，這等非同小可的消息就會傳遍費戈拉斯的大街小巷：這地方出了一名曠世偉人兼天才啦。有個女人被薩爾瓦多丟了石頭，反而擺出一副充滿母性光輝的關愛模樣。費戈拉斯的市長有天就倒在這名少年的腳邊死了。地方上的某位醫生（不是遭他用馬鞭抽打的那位）忽然抓狂，還企圖狠狠揍他一頓。（主張那位醫生是一時神智不清才動了粗的並不是我，而是達利本人。）

想我還在穿短褲的時候，身旁的大人可是既不起眼，對我的關照也沒殷勤到哪裡去。這些大人主要由我那十一位姨婆所組成，都是我媽媽那邊的長輩；她們一概是衛理宗的信徒，更是瀉藥、芥末膏藥、聖經的死忠擁護者。在這些人的信仰裡，任何傾向藝術天賦的行為都該比照打嗝或歇斯底里的療法來辦。她們誰也不是藝術家——硬要說的話，我那為了慶祝別人生日或因應國家遭逢大變的場合，而寫了一節有十六個重音的詩文，不過押韻全憑運氣的盧姨婆或許勉勉強強合格吧。我從沒想過要當著這些姨婆的面咬咬蝙蝠，或是朝她們扔石頭。我倒是有條解脱的出口：我那不為人知的慣用語世界。

兩年前，我和妻子想買房，便找上了某間位於新米爾福德鎮的房地產仲介公司。該公司的一名仲介在裝有許多鑰匙的金屬盒子裡又扒又翻，然後抬起頭說：「這裡面沒有羅克斯伯里那幢房屋的鑰匙。」他的同事則說：「那是道通用門鎖。骷髏頭會讓你進屋的。[6]」我聽到這句話後，頓時變回五歲大的自己，還擺出一副目瞪口呆的模樣。我就彷彿當年那個毛頭小鬼想像著那幢羅克斯伯里的房子，拼湊出我們這位咬蝙蝠的小薩爾瓦多壓根沒想過，那充滿黑暗，難以名狀的種種恐怖。

就是這類由房地產仲介、姨婆、牧師，以及其他再平凡不過的人若無其事、隨口脱出的句子，造就了我幼年時期魔幻一般的個人世界。在這個世界裡，打電話告訴老婆他們人還在辦公室無法脱身的實業家都被牢牢綁在自己的旋轉椅上，嘴裡大概也塞了布，所以動彈不得，也無法説話，但還是可以打電話就對了，非常不可思議；在我幻想的宇宙裡，每座城市都有幾十萬個實業家被牢牢綁在幾十萬間辦公室裡的幾十萬張椅子上。這綁縛所有城市之中的所有實業家行動有個特別值得注意之處：無論下手的人是誰，犯案時間始終都在下午五點左右。

以及那位被雲罩頂[7]，然後離開鎮上的男子。有時我看著他被雲團團圍住，彷彿一隻藏身在粗麻布袋裡的貓難見其蹤。有的時候，那沙發般大小的雲又會飄浮起來，就在距離男子頭頂三、四呎的半空中跟著他移動。睡前很適合想想這位被雲罩頂的男子；男子漫步走過一座座城鎮的畫面，真的有絕佳的催眠效果。

而關於某郝斯頓太太的畫面，就完全是另外一回事了。當這位郝斯頓太太的女兒死在手術台上，她本人也被碎屍萬段了[8]。那群醫生清清楚楚站在我眼前，而他們下一秒就會用那些刀子攻擊郝斯頓太太。我還能聽見他們說的話。「好啦，郝斯頓太太，妳現在是要自己乖乖爬上手術台，還是由我們把妳抱上去？」以前上床睡覺的時候，我常常得勞心費力地抹去與郝斯頓太太相關的畫面，可她依舊頻繁出現在我的夢中，就是到了現在，我偶爾也會夢到她。

記得老爸有天傍晚跟老媽說：「妳跟強生太太聊到貝蒂的時候，她有怎麼樣嗎？」老媽則回答：「哦，她全身長滿耳朵哩[9]。」然後呢，那怪誕的生物就在我的冥想世界揮之不去了。在我年少時期那不為人知，又充滿超現實意象的景色裡，還有許多妙不可言的人物：總是掛在天上的老邁女士；似乎就是無法把腳放下來的丈夫；在大火中弄丟自己的頭，卻還能一邊大吼大叫，一邊逃出房子的男人；某位小姐其實是隻渾身沾滿糞便的鴿子。那個世界是一處不可告人的世界，只能自己默默悶在心裡的世界——必得如此呀，畢竟光是讓話語輕輕一點，整個世界就會分崩離析了。要是你把這個世界拉進現實生活中，並用各種問題反覆檢視，你的父母便會以哈哈大笑的方式打破那些不可思議的景色，或單純幫你量個體溫，再把你趕上床睡覺。（而不管他們是何時幫我量體溫，總會發現我又發燒了，接著就會叫我上床睡覺，然後我就得獨自面對郝斯頓太太。）

我這童年世界，唉，是禁不住年歲考驗的。那個世界——套句亨里[10]的詩句——是發著微光、搖曳著光影，然後漸漸消逝的幽靈。恐怕就是法蘭西絲小表姊到我們家作客那時候，開始一點一滴，終至化為烏有的吧。我在某個下著雨的黃昏走進屋子，問法蘭西絲到哪兒去了。「她在——」我們家的廚子說。「樓上的起居室裡哭，心都被她哭出來啦[11]。」一個人居然能哭到把心，把那彷彿紅色天鵝絨針插一般形狀完美無缺、表面平滑又富有光澤的心都嘔了出來，我可是頭一次聽說呀。不知為何，我以前就是沒聽過這種在希望與美夢一而再、再而三幻滅的美國家庭裡，可謂司空見慣的用法。我上了樓，打開起居室的門。大我三歲的法蘭西絲立刻跳下床，然後抽抽噎噎地從我身旁跑過，就這麼下樓了。

我花了差不多十五分鐘的時間尋找她的心。我把整張床都拆了，還踢開小地毯，甚至搜遍了五斗櫃的抽屜。沒用，我就是找不到。我看著窗外的雨和逐漸晦暗的天色。接著，我腦海中那被雲罩頂的男子，我那珍藏的畫面竟開始變得模糊，繼而消失得無影無蹤。孑然處於房中的我發現自己已經能用沉著的態度，冷眼看待那些關於郝斯頓太太的畫面了。法蘭西絲還在樓下的客廳裡哭。我則哈哈大笑了起來。

啊哈，薩爾瓦多，知道我的厲害了吧！

1. 指俄亥俄州的商賈雅各布．考克西（Jacob Coxey）於一八九四年從當地率領至華盛頓哥倫比亞特區進行抗議的失業大軍。

2. 指一八九三年成立於俄亥俄州，將禁酒視為一種淨化社會重要手段的反釀造、兜售酒類的組織 Anti-Saloon League；成員以浸信會、衛理公會和基督會的信徒居多。

3. 曾任美國首席大法官，後來當選為第二十七任總統的 William Howard Taft。

4. 為美國作家詹姆士．布朗奇．卡貝爾（James Branch Cabell）於奇幻作品中虛構的國度 Poictesme。

5. 在法語中指直言不諱，有時甚至因為不當的言行而使大人難堪，難以管教、不按牌理出牌的小孩。

6. 原文為 A skeleton will let you in。這句話其實在說只要有萬用鑰匙 skeleton key，他們就可以開門進屋了。

7. 即英文中的慣用語 under a cloud，意指「遭受懷疑」或「蒙羞」。

8. 即慣用語 be cut up，意指「傷心」、「哀哀欲絕」。

9. 指慣用語 be all ears，意為「全神貫注地聽著」。

10. 為英格蘭詩人威廉．厄內斯特．亨里（William Ernest Henley, 1849–1903）。

11. 原文是 crying her heart out，「哭得死去活來」的慣用語。

華特・米提的私密生活

「我們要穿過去！」指揮官的聲音彷彿正在碎裂的薄冰。他身穿全套軍禮服，頭上那鑲滿穗帶的白色軍帽壓得低低的，還非常瀟灑地遮住他其中一隻冷冷的灰眼睛。「我們是穿不過去的，長官。要我說的話，這前頭恐怕要颳颶風啦。」「我並沒有詢問你的意見，柏格上尉。」指揮官説道。「立刻打開動力指示燈！把轉速提高到八千五！我們要穿過去！」汽缸發出越來越強勁的聲響：噠——砰咔噠——砰咔噠——砰咔噠——砰咔噠——砰咔噠。指揮官盯著凝結在領航員窗上的冰。他走了過去，然後調動一排複雜的儀表盤。「啟動八號輔助機！」他喊道。「啟動八號輔助機！」柏格上尉複述著。「把三號炮塔拉到最大功率！」指揮官大喝。「三號炮塔、最大功率！」這架搭載八顆引擎的巨型海軍水上飛機正向前猛衝，裡頭各司其職的機組人員則相視而笑。「老大會讓咱們成功穿過去的。」他們一個個都在說。「咱們的老大可是天不怕地不怕！」

「不要開這麼快！你開太快了！」米堤太太說。「你開這麼快幹嘛？」

「嗯？」華特．米堤說。他一臉驚愕地看著駕駛座旁的妻子。她的模樣是那麼陌生，就像一個素昧平生的女子在人群之中衝著他吼。「你都開到五十五啦。」她說。「你明明知道我不喜歡你開超過時速四十哩。你都開到五十五了。」華特．米堤悶不吭聲地駛向沃特伯里，而那架 SN 202 在穿過這場海軍飛行史上，堪稱二十年來最猛烈暴風雨時發出的轟鳴，也漸漸在他腦海裡最深處、最不為人所知的航線中歸於沉寂。「你又在緊張了。」米堤太太說。「老毛病又犯啦。我真希望你去給阮蕭醫生好好檢查一下。」

華特·米堤把車停在一棟大樓前，因為妻子要進去做頭髮。「我做頭髮的時候，你別忘了去買套鞋。」她說。「我不需要套鞋。」米堤說。她將鏡子放回自己的包包裡。「這個問題我們已經討論過了。」她邊說邊下車。「你也老大不小了。」他稍微踩了一下油門，讓引擎空轉。「你怎麼不戴手套呢？你手套搞丟啦？」華特·米堤掏出收在口袋裡的手套。他戴起手套，但當她轉身進了那棟大樓，而他也往前開了段路，就趁等紅燈的時候又把手套給脫了。「跟上啊，老兄！」一位警察在紅燈轉綠之際凶巴巴地喊道。米堤匆匆戴上手套，再把車歪歪斜斜地開走。他在街上漫無目的地繞了一陣子，接著便開往停車場，那途中有家醫院。

「是威靈頓．麥克米蘭，那位家財萬貫的銀行家。」美麗的護士說。

「哦？」華特．米堤說，並慢慢脱下手套。「主刀的是？」「阮蕭醫生和本寶醫生，不過現場還有兩名專家：紐約的雷明頓博士，以及從倫敦飛來的普里查德米弗先生。」一扇門開了；阮蕭醫生步上門前陰涼的長廊，一副心煩意亂、憔悴不堪的樣子。「哈囉，米堤……」他說。「這位家財萬貫的銀行家兼羅斯福的至交麥克米蘭，真的讓我們束手無策了。腺導體梗塞。三期。如果你能進來幫他瞧瞧，那就太好啦。」「樂意之至。」米堤說。

他進了手術室後，自有人輕聲細語地稍事引介：「雷明頓博士、米堤醫生。普里查德米弗先生、米堤醫生。」「小弟曾拜讀您關於鏈絲菌學的大作。」普里查德米弗先生上前握手時說道。「太出色了，先生。」「謝謝。」華特．米堤說。「原來你在國內呀，米堤……」雷明頓嘟囔著說。「還讓我和米弗過來協助治療這位病入三期的患者，簡直是叫我們在關公面前耍大刀嘛。」「您太客氣了。」米堤說。這個時候，與手術台相連的一架插滿管線、構造複雜的龐大機器忽然發出砰咔嗟——砰咔嗟——砰咔嗟的聲音。「新的麻醉機要解體了！」一個實習醫生大呼小叫。「東部這邊沒人修得了這台機器呀！」「安靜點，小老弟！」米堤用低沉的嗓音鎮定地說。他立刻走到這台開始砰咔嗟——砰咔嗟——嘎吱——砰咔嗟——嘎吱吵個不停的機器前。他靈巧地撥弄上頭一排發亮的旋鈕。「拿隻鋼筆來！」他厲聲說道。有人遞來了一隻鋼筆。他拔起一只出了問題的活塞，再將手上的鋼筆插進這活塞原本的位置。「這台機器還能撐個十分鐘。」他說。「繼續動手術吧。」有位護士連忙過來跟阮蕭醫生悄聲說了幾句，米堤就看見阮蕭的臉變得一片死白。「可瑞歐普症[1]發作了……」阮蕭焦急地說。「米堤，可以麻煩你接手嗎？」米堤看看阮蕭，看看愛喝酒的本寶那怕事的畏怯樣，再看看兩位聲名遠播的專家凝重而迷惘的面色。「那我就恭敬不如從命了。」他說。他們立刻為他披上白袍；他調整好口罩，再戴上薄薄的手套。接著，護士便遞上閃閃發光的……

「倒車倒車，老兄！小心那輛別克呀！」華特・米堤急踩煞車。「開錯車道囉，老兄。」停車場的服務人員說；他兩眼緊盯著米堤瞧。「老天。真是的。」米堤咕噥著說。他開始小心翼翼地把車倒出那條標明「駛出專用」的車道。「你把車停在那兒。」服務人員告訴他。「我來停就好。」米堤下了車。「喂，你得把車鑰匙給我呢。」「哦。」米堤說，並把車鑰匙交給他。那服務人員跳上車，侮慢而嫻熟地把車倒進該停的位置。

這種人就是跩得跟二五八萬似的——華特・米堤一面想道，一面沿著大街走。這種人就是自以為無所不知。有回他在新米爾福德鎮的郊外試著解下雪鏈，卻不慎讓鏈子纏到車軸上去了，最後只好請道路救援的人前來幫忙解開鏈子。對方是個年輕的汽車修理工，老愛咧著嘴笑。自此之後，米堤太太總會要他把車開到汽車修理廠去解雪鏈。下一次——他盤算著——我就把這條右胳臂用吊腕帶吊起來，那些人就不會衝著我咧嘴笑了吧。我就吊著右胳臂，這樣他們就曉得我根本沒辦法自行解下雪鏈。他踢了踢人行道上的融雪。「套鞋……」他對自己說，然後就開始找鞋店。

當華特．米堤回到大街上，胳臂下已夾著一只裝有套鞋的盒子。此時，他開始納悶妻子還要他記得去買的究竟是什麼東西。她交代過兩遍了，就他們還在家裡，準備開車上沃特伯里的時候。他有點討厭這種週週都往市區跑的行程——他老是會出些差錯。是舒潔嗎——他尋思——還是施貴寶出廠的藥、刮鬍刀片？不對。那是牙膏、牙刷、小蘇打、金剛砂、創制與複決？他放棄了。但她可會記得清清楚楚。「那個什麼咧？」她會這麼問道。「你該不會忘記買那個什麼了吧？」一個報童從旁經過，嘴裡喊著沃特伯里審判案怎樣又怎樣。

……「這東西說不定會喚醒你一些記憶。」地方檢察官冷不防將一把沉甸甸的自動手槍，推到證人席那個保持緘默的人面前。「你是否見過這把槍？」華特·米堤拾起槍，老練地檢視了一番。「是我的韋伯利維克斯50.80[2]。」他面不改色地說。法庭上頓時一陣騷動。法官敲敲法鎚，要在場眾人保持肅靜。「無論你拿的是什麼槍，都有辦法百發百中，是吧？」地方檢察官若有所指地說。「反對！」米堤的律師大喊一聲。「我們已經證明那一槍不可能是被告開的。我們已經證明他在七月十四號的晚上，右胳臂吊著吊腕帶。」華特・米堤略略舉起手，原本爭執不休的律師們便安靜了下來。「無論我手上的槍是什麼型號——」他鎮定地說。「我都有辦法射殺三百呎外的葛雷高里・費茲赫斯特——就用我的左手。」法庭上喧譁四起，而在這一片混亂的場面中，眾人還聽到一名女性的尖叫聲。一位美麗的黑髮少女忽然投入華特・米堤的懷抱。地方檢察官殘暴地毆打她，證人席上的米堤沒有站起來，就直接往地方檢察官的下顎摜了一拳。「你這叫人唾棄的孬種！」……

「狗狗餅乾。」華特・米堤說。他停下腳步，沃特伯里的高樓大廈便自越發朦朧的法庭場景裡拔地而起，再次將他團團包圍。一個從旁經過的女人笑出聲音來。「他剛說『狗狗餅乾』……」她對身邊的友伴說。「那個男的在自言自語，還說『狗狗餅乾』。」華特・米堤快步向前走。他進了一間A

&P連鎖超市，不過並非他走在街上時看到的第一家，而是位於更遠處的一間小小A&P。「我要買小型幼犬吃的那種餅乾。」他告訴店員。「有特別指定的牌子嗎，先生？」世界第一等的神槍手思考了一會兒。「就盒子上有寫『狗狗汪汪吵著要吃』那一牌。」華特．米堤說。

再過十五分鐘，老婆就會做完頭髮了——米堤看手錶時這麼想著——除非他們無法順利吹好她的頭髮；他們有時就是吹不好她的頭髮。她不喜歡早他一步到飯店。她想要他先去飯店等她，就跟平常一樣。他在大廳裡找了張面對窗戶的大皮椅，再把套鞋和狗狗餅乾放在椅子邊的地板上。他拿起一本過期的《自由》週刊，接著便埋進了大皮椅。「德軍能藉空襲征服世界嗎？」華特．米堤看著轟炸機和殘破街景的照片。

……「這接連不斷的炮火轟擊讓小萊禮累癱了，長官。」中士說。米堤上尉將視線穿過自己的披頭散髮，朝對方抬眼一瞧。「叫他去睡覺。」他疲憊不堪地說。「大家都睡會兒吧。我一個人飛就行。」「不行啦，長官。」中士急切地說。「那架轟炸機沒有兩個人是應付不來的，高射炮的炮火又不斷朝空中猛打。馮．里希特曼的馬戲團[3]就在這裡和索里耶之間。」「總得有人去炸掉那座軍火庫。」米堤說。「就由我上吧。來點白蘭地？」他為中士倒了一杯，也給自己倒了一杯。防空洞外，戰爭的炮火轟轟隆隆，那彈雨擊打著防空洞的門，還有木頭被打碎，碎屑在防空洞內紛飛。「就差那麼一點點呢。」米堤上尉漫不經心地說。「方形的阻擊火網逼近了。」中士說。「人生只有一回呀，中士。」米堤說，並露出一閃即逝的淺笑。「是吧？」他又幫自己倒了杯白蘭地，然後一口飲盡。「我從沒見過像您這樣喝白蘭地的人，長官。」中士說。「請原諒，長官。」米堤上尉站了起來，並用帶子綁好那把大型的韋伯利維克斯自動手槍。「那可是條長達四十公里的地獄之路呀，長官。」中士說。米堤喝下他最後一杯白蘭地。「說到底了……」他輕聲地說。「又有哪兒不是呢？」外頭那襲擊的炮火變得更加猛烈；他們聽見機關槍啦——噠噠啦——噠地發射，某處還傳來新型火焰噴射器砰咔噠——砰咔噠——砰咔噠的駭人聲響。華特．米堤哼起〈在我女友的身旁〉（Auprès de ma blonde），走向防空洞的洞口。他轉身朝中士揮了揮手。「再會！」他說……

他的肩膀挨了一記。「我在飯店裡找來找去，就是找不到你。」米堤太太說。「你幹嘛偏要窩在這張舊椅子上？是叫我怎麼找人啊？」「全逼上來了。」華特．米堤含糊地說。「啥？」米堤太太說。「你有買那個什麼嗎？

狗狗餅乾？這盒子裡是什麼東西？」「套鞋。」米堤說。「你就不能穿好了再離開鞋店是不是？」「我當時在想事情。」華特．米堤說。「我有時候也要想想事情——妳有沒有想過這一點？」她看著他。「我先帶你回家，然後就來量量你的體溫。」她說。

他們推開旋轉門，伴著門發出些許嘲諷般的尖嘯走出了飯店。停車場在兩個街區外。當他們走到街角的藥妝店，她說：「你在這邊等一下。我有東西忘了拿。頂多一分鐘。」她讓他等了一分鐘以上。華特．米堤點了根菸。開始下雨了；雨夾著雪不斷打下。他貼著藥妝店的外牆站著抽菸……他挺起胸膛，雙腳併攏站好。「去他媽的手帕。」華特．米堤不屑地說。他再吸進最後一口菸，就把香菸一手彈開。接下來，他面對著行刑隊，嘴角牽起那抹一閃即逝的淺笑。打不垮的華特．米堤挺直了身子，一動也不動；他擺出睥睨一切的高傲神情，直到最後一刻還是那麼高深莫測。

1. 即表「金雞菊屬」的 coreopsis。
2. 虛構的槍枝型號；韋伯利（Webley）和維克斯（Vickers）皆為英國製造槍械的工廠，前者生產警用、軍用的左輪手槍，後者主要生產機槍，也擁有造船和飛機的技術。
3. 暗指第一次世界大戰的德國飛行員「紅男爵」曼弗雷德・馮・里希特霍芬（Manfred von Richthofen，1892–1918）。他曾統率德軍於一九一七年成立的第一戰鬥機聯隊；由於聯隊所用的戰鬥機塗裝鮮明，宛如一支馬戲團在空中作戰，故有「里希特霍芬的馬戲團」之稱。

IMMIGRATION

USA

DEPARTED